키싱
마이
라이프

키싱 마이 라이프
KISSING MY LIFE

이목수
장편소설

비룡소

꽃 같은 청소년들에게 이 책을 드립니다.

1

꿈을 꾸었다.

교문을 향해 미친 듯이 뛰었다. 아무리 뛰어도 제자리다. 시험 보는 날인데……. 안 돼, 눈앞에서 교문이 꽝 닫혔다. 발을 동동 구르다가 교문에 매달려 악을 썼다. 곧 장면이 바뀌어 어떤 남자가 내 침대로 슬그머니 들어와 나를 안는다. 채강이 같기도 하고 현규 같기도 한데 모습이 분명치 않다. 내 살결에 닿은 남자의 손길이 부드럽고 달콤하다.

"하연아, 9시가 넘었다. 그만 일어나라."

아빠가 문을 두드리며 깨우는 소리에 눈을 떴다. 커튼을 뚫고 들어온 햇살이 방 안에 은은하고, 맨 살결에 닿는 이불 감촉이 따뜻하고 포근하다. 꿈에서 느꼈던 부드럽고 달콤했던 느낌이 되살

아나 기분이 좋다. 한껏 기지개를 켰다가 부드럽게 내 가슴을 어루만졌다. 봉긋한 꽃봉오리가 금방이라도 벙글 것 같은 야릇함! 나도 모르게 얼굴이 붉어져 화들짝 놀라 자리에서 일어났다.

"엄만 벌써 가게 나갔어?"

"응, 아빠하고 같이 밥 먹자."

아빠 손에 반창고가 감겨 있다. 어제저녁에 엄마가 악다구니를 부리는 소리를 들었지만 시침을 떼고 아빠 손을 가리키며 물었다.

"왜 그래?"

"응, 좀 다쳤어. 괜찮아."

"그러니까 술 좀 마시지 마. 어떻게 술 마시고 차를 끌고 와. 사람이라도 치면 어떡하려고."

"아니야, 어제저녁엔 별로 안 마셨어."

"안 마시긴, 엄마가 악쓰는 소리 다 들었어. 그런데 엄마는 왜 차 키를 주는 거야. 다시는 안 준다고 하더니만, 하여튼 엄마 아빠 둘 다 문제야, 문제."

"이젠 안 그럴 거야. 하연아, 밥 먹고 설거지는 네가 좀 할래? 아빠 손 때문에……."

"나 시간 없어. 시험이 코앞이야!"

내가 단번에 톡 쏘며 거절하자, 아빠가 무르춤하더니 이내 고개를 끄덕였다. 이번 주에는 어쨌든 주요 과목을 끝내야 한다. 그래야 다음 주에는 암기 과목에 집중할 수 있다. 이번 중간고사에서는 꼭 진아를 이길 거다. 진아 그 앤, 남자애들이랑 어울려 여기저기 놀러 다니면서도 처음 본 모의고사에서 나보다 성적이 훨씬 잘 나왔다. 중학교 때는 내가 더 잘했는데.

"하연아, 오늘 점심은 아빠하고 나가서 맛있는 거 먹을까?"

빈 그릇을 싱크대에 넣고 손에 고무장갑을 끼던 아빠가 싱긋 웃으며 물었다. 저럴 때 우리 아빠 정상현은 꽤 멋지게 보인다. 하루 종일 땡볕에서 일하다 보니 얼굴은 타서 까맣지만 부리부리한 두 눈과 곧게 내려온 콧등, 두툼한 입술이 훈훈한 미중년이다. 나는 엄마를 닮아서 코가 납작하고 눈도 보통이지만 언니는 아빠를 닮아서 좀 생겼다. 그런데 저렇게 착한 아빠가 술만 취했다 하면 난리도 아니다. 정말, 저 이중적인 모습을 보지 않고는 딴 사람들은 죽어도 이해 못 할 거다. 만약, 정상현 술 마시고 생쇼 할 때 동영상으로 찍어 놨다가 제정신일 때 들이대면 어떨까?

"안 돼, 나 지금부터 공부해야 해. 절대로 부르지 마."

"알았어."

큰소리는 쳤지만 막상 방 안에 들어서니 녹신한 봄 햇살을 드리운 침대가 유혹의 손길을 뻗친다. 아, 어차피 일요일인데 조금만 더 자고……. 두 팔을 벌리고 침대 위에 엎어졌다. 아니야, 안 돼. 누가 뭐래도 내 인생 성공 변수는 성적이야! 정하연, 좋은 말 할 때 얼른 일어나라. 그래, 우선 이 유혹을 뿌리치려면 환경을 새롭게! 나는 벌떡 일어나 창문부터 활짝 열어 놓고 이불은 탈탈 털어서 얌전히 갰다. 걸레를 빨아서 책상도 깨끗이 닦고 전의를 다지기 위해 커피도 한잔 마셨다. 마지막으로 핸드폰 전원도 바이! 이제부터 시험공부만 보고 달린다! 우선 어제 풀던 국어 문제지부터 야금야금 해치우자.

"하연아, 이거 먹고 해."
"와, 아빠가 시켰어? 땡큐!"

내가 좋아하는 치즈 크러스트 피자다. 피자를 먹으며 창밖을 내다보니 햇볕이 베란다 끝으로 밀려나 있다. 벌써 점심때가 지난 모양이다. 역시 정하연, 집중력 하나는 끝내준다. 이게 바로 조금 전에 외웠던, 와신상담하니 대기만성이라는 거다.

"좀 쉬었다 해."
"알았어! 아빠도 피자 먹어."
"난, 그런 거 별로야. 엄마 오늘 일찍 들어온다고 전화 왔어."
"그럼 둘이 나가서 외식하고 와."

"그럴까?"

"엄마 아빠 좋아하는 거 있잖아. 아귀찜."

"그래야겠다."

나는 피자를 먹으며 핸드폰 전원을 켰다. 곧이어 기다렸다는 듯 핸드폰이 진동하면서 문자가 떴다.

─하연아, 지금 뭐 해?

내 남친, 채강이다.

─공부하지. 너 학원이니?
─응, 지금 쉬는 시간. 짜증 나, 시험 보충 밤 10시까지야. 학원 미쳤어. ㅠㅠ
─헉!
─11시에 놀이터에서 잠깐 만나자.
─11시? 알써!

채강이와 나는 지난 겨울방학 때부터 사귀었다. 중학교 때는 같은 반이 된 적이 없어서 그냥 얼굴만 아는 애였다. 그런데 고등학교에 들어와서 애들하고 노래방에 갔다가 현규가 채강이를 자기의 '베프'라고 소개해서 같이 놀게 되었다. 채강이가 먼저 사귀자고 고백했을 때, 호감이 갔지만 문제는 현규보다 공부를 못하는 것 같아서 좀 망설였다.

"하연아, 임채강이 너한테 고백했다며?"

"누가 그래? 현규가……?"

"응. 야, 사귀어 봐. 걔 괜찮은 애야. 그럼 딱 좋잖아, 우리. 나하고 이현규, 너하고 임채강."

그래, 현규의 베스트 프렌드라면 공부를 아예 못하는 애는 아닐 테고, 또 현규보다 잘생겼잖아. 진아가 현규를 만나는 걸 보면, 은근히 부럽기도 하고 마음이 허전하기도 해서 아쉬운 대로 좋다고 했다. 그런데 채강이는 사귈수록 마음도 착한 것 같고, 성격도 활달해서 같이 있으면 재미있고 끌려서 금방 친해졌다. 그런데 요즘 들어서는 내가 그 애를 더 좋아하는 것 같다. 문득문득 생각나고, 보고 싶고, 같이 있고 싶고, 만나면 헤어지기 싫고……. 야, 정하연, 또 딴생각으로 빠졌잖니. 피자 다 먹었으면 국어 요점 정리 끝내야지. 이래서 사회 쌤이 틈날 때마다 이 말을 따라 외치라고 강요하는 거다. 새가 머리 위로 날아갈 수는 있지만 머릿속에 둥지를 틀게 하지는 마라. 다시 생각해 봐도 명언이다. 명언!

「황소개구리와 우리말」

「그 여자네 집」

「나의 소원」

사람 사는 이야기가 뭐 이리 복잡하냐? 아니, 이야기가 복잡한 게 아니라 이런 걸 가지고 속속들이 문제를 내고 있으니 아, 머리 아파. 도대체 안은문장이든 안긴문장이든 말하고 쓰는 데 문제가 없으면 그만이지 이딴 걸 머리 터지도록 꼭 외워야 하나? 어쨌든 요점 정리까지 했으니 이제 국어는 끝. 곧바로 과학으로 넘어가자. 줄줄이 호르몬이네. 갑상샘 호르몬, 옥시토신, 에스트로겐, 프로게스테론…….

정신없이 외우고 풀다 보니 벌써 시간은 10시 30분. 머리를 감고 거울 앞에 서서 새로 산 비비 크림을 발랐다. 고등학생이 되었으면 이제 비비 크림 정도는 발라 줘야 민폐가 아니라는 화장품 가게 언니의 지당한 말씀을 떠올리며 입가에 살짝 미소를 지어 주고, 입술에 립글로스도 바르고 앞머리도 적당히 말아 주니, 예쁘다, 정하연!

아파트 앞, 학원 차가 서는 곳에서 채강이를 기다렸다. 도로에는 온통 학원 차들로 붐볐다. 한 대가 서서 아이들을 토해 놓고 떠나면 또 한 대가, 동시에 두세 대가 몰려서기도 했다. 학원 차에서 왁자지껄하며 내린 아이들이 어둠 속으로 흩어졌다. 얼마 전에 학원 강사들이 학교에 와서 방과 후 수업을 한다는 뉴스를 들었다. 그건 참 잘된 일이다. 어차피 늦은 시간까지 학원에 가서 공부할 거면 강사들이 학교로 오는 게 훨씬 낫다. 아이들이 학원 차 타고 뺑뺑이 도는 것보다는.

"어, 벌써 나왔네. 아유, 열받아. 학원 쌤이 수학 문제 몇 개 틀렸다고 남으라고 하잖아."

"그런데 어떻게 왔어?"

"튀었지, 뭐. 내일 가면 엄청 털리겠지. 혼자 하니까 잘되냐?"

"그럭저럭."

"야, 그런데 국어 쌤 너무하지 않냐? 아직 진도도 다 안 빼고 요약한 것 딸랑 한 장 주면서 알아서 외우래. 생물 쌤은 또 어떻고, 제대로 설명도 안 해 주면서 시험 범위는 엄청 많잖아."

"생물, 우리 담임이잖아. 우리보고도 책에 나온 호르몬 싹 다 외우라고 그랬어."

"하연아, 너 현규 머리 자른 거 못 봤지? 대박이다. 걔네 부모님이 공부에 집중하라고 머리 자르게 했대. 오늘 봤는데 완전 짧더라."

벤치에 나란히 앉아서 신나게 떠들던 채강이가 갑자기 말을 뚝 멈추더니 나를 빤히 쳐다봤다.

"왜에?"

"야, 우리 사귀는 것 맞냐?"

"갑자기 그건, 왜?"

"오랜만에 만났으면 이렇게 스킨십이라도 좀 해야 하지 않냐?"

채강이가 내 옆으로 옮겨 앉으며 내 팔을 끌어다가 자기 허리에 두르고 자기 팔을 내 어깨에 얹었다. 녀석 밝히기는. 지난번 노래방에 갔을 때도 이 녀석이 내 손을 만지작거리며 버터같이 느끼한 눈길을 보내는데 애들 앞에서 난감했다. 아무래도 지난 겨울방학 내내 채강이가 19금 콘텐츠를 정복했다는 현규 말이 농담이 아닌 것 같다. "야, 너 자꾸 그딴 거 보면 끝장이야." 하고 내가 엄포를 놓았더니, "그런 건 벌써 다 뗐어. 이젠 흥미 없거든요." 하면서 녀석이 실실 웃었다. 그러나 녀석은 지금, 질풍노도기의 2차 성징을 발현시키는 호르몬 테스토스테론의 작용 때문에 골몰하고 있는 게 분명하다. 정하연, 지난주 국어 시간에 급조한 내 인생 철학, '인생, 깔끔하게 살자'를 기억해라. 그런데 솔직히 너도 지금 남자애와 찐득찐득한 감정 놀이에 몰입하고 싶어 하잖니? 남자애만 밝히는 게 아니야. 여자애들도 아닌 척하지만, 모이면 남자애들 이야기 하는 거 그거, 다 밝혀서 그런 거야. 정하연, 너도 예외

가 아니잖아. 칫, 내 마음속에서 그 잘나고 똑똑한 정하연이 또, 딴지를 걸고 있다.

채강이가 이어폰 한쪽을 내 귀에 꽂아 주고는 목소리를 높여 노래를 불렀다. "널 사랑하니까, 너는 내 여자니까."라는 가사를 부를 땐 약간 상기된 눈빛으로 나를 바라보더니 "영원히 너만을 지켜 주고 싶어."라는 가사가 나오자 내 어깨를 두른 팔에 힘을 주었다.

"이 노래 좋지?"

불빛에 채강이의 안경 낀 얼굴이 환하게 빛났다. 노래를 끝낸 녀석이 지점토를 조물거리듯 내 목덜미를 조물거렸다. 온몸의 신경이 솜털처럼 보슬보슬 일어나면서 얼굴이 뜨끈해져 왔다. 이대로 앉아 있다가는 내 몸이 모래성처럼 스르르 허물어질 것만 같다. 안 돼! 정하연, 인생 깔끔하게 살자.

"에이, 어째 하늘에 별이 하나도 안 보이냐?"

나는 달아오른 얼굴을 감추려고 깍지 낀 팔을 들어 올리며 툴툴거렸다.

"야, 이제 그만 가자. 나 과학 봐야 해."

"너는 공부도 잘하는 애가 왜 그래? 조금만 더 있다 가자."

채강이 목소리가 불퉁했다. 약간 기분이 상한 모양이다.

"시험 얼마 안 남았어. 너, 끝낸 과목 있어?"

"없어. 아, 난 아무래도 유전자가 달리나 봐. 왜 이렇게 성적이 안 오르냐."

"야, 유전자 탓할 시간에 열심히 하면 돼."

"알았어."

채강이를 두고 돌아서는 내 마음도 어째, 좀 허전하고 쓸쓸하다. 솔직히 자석의 S극과 N극처럼 서로 강하게 끌리기는 하는데……. 야, 정하연. 너 정말 수연 언니처럼 생각 없이 살 거야? 남자애한테 그렇게 해롱해롱 빠져들면 인생, 깔끔하게 못 산다. 그런데 다른 애들도 단둘이 있으면 이런 마음일까? 아님, 정말 우리 둘, 다른 애들에 비해 밝히는 편인 걸까?

2

 우리 엄마 아빠가 언니와 나에게 사랑을 나타내는 방법은 참 묘하다. 아빠는 아무 말 없이 우리를 지그시 바라보는 게 그 표현 방법이고, 엄마는 기분이 좋을 때 우리 등을 슬슬 만져 줄 뿐이다. 진아네 부모님은 사랑한다고 말한다는데 우리 엄마 아빠는 그런 말에 익숙하지 않다. 그래서 나도 채강이가 사랑, 어쩌고 하면 갑자기 민망하고 머쓱해진다. 마치 꼭꼭 감추어 둬야 할 것을 창피하게 툭 꺼내 보이는 것처럼……. 그러나 말로 표현할 수 있는 것은 말로 하면 좋겠다. 내가 왜 이런 생각을 하느냐 하면 우리 아빠 때문이다. 아빠는 집에서나 나가서나 늘 침묵 속에 자신을 가두고 살아간다. 그러다가 술에 취하면 가슴에 담긴 말들을 두서없이 내뱉으며 뭔가를 나타내려고 애쓰는데 그걸 누가 알아주느냐 말이다.

그런데도 술만 취하면 누군가에게 무시당했다고, 자존심이 상한다고, 억울하다고 소리친다. 어떤 때는 그런 아빠가 불쌍하기도 하지만 그보다는 술을 마시고 속을 내보이려고 하는 아빠가 비겁하고 한심해 보인다. 세상을 좀 당당하게 살 순 없나? 이젠 정말 지겹고 넌더리가 난다.

오늘도 아빠가 술에 많이 취해서 들어왔다.

"너, 사람을 잘못 봤어. 이 나쁜 놈이…… 나를 무시하면……."

"하아, 또 시작이네."

정말 아빠고 뭐고 저렇게 술에 취해 게걸거릴 때면 나도 모르게 욕이 튀어나오려 한다. 지금 아빠 모습은 보지 않아도 눈에 훤하다. 마네킹처럼 벌떡 일어나 앉아 핏발이 벌건 눈 한번 치뜨고 소리 한번 꽥 지르고는 또 눈을 내리감고 뭐라고 실없이 주절대다 그대로 자빠지고.

"야, 수연아, 그 나쁜 놈이 자존심을……. 사람을 무시하면 안 되지……. 수연아…… 수연아."

"그만해. 왜 집에도 없는 언니 이름을 자꾸 불러."

아빠가 언니 이름을 자꾸 부르는 것도 짜증 난다. 집 싫다고 뛰쳐나간 사람을 왜 자꾸 불러. 나는 음악 볼륨을 잔뜩 높였다. 지금 흘러나오는 아이돌 노래를 진아가 노래방에서 부를 때 현규 눈이 진아에게 꽂혀 있었다. 첫, 현규를 먼저 좋아한 건 나 정하연인데 진아가 문자로 먼저 고백해 버리는 바람에 밀렸다. 진아가 현규의 그 큰 눈을 보면 가슴에서 지진이 일어난다고 호들갑을 떨 때 알아봤어야 하는 건데.

"쾅! 쾅!"

아빠가 벽에 발길질을 해 대는 모양이다. 뭐 우리나라에서 첫째가는 기업이 지었다는 이 아파트가 그리 쉽게 무너지겠냐? 차든지 말든지 알아서 하세요.

"쨍그랑!"

거울이 박살 나는 소리다. 위험하다고 거울을 서랍장 위에 올려놓지 말라고 했는데 엄마가 깜빡한 모양이다.

"야, 수연아, 사람이…… 그러니까 자존심을 건들지 말라고…… 그 칠은 내가……."

저 속을 열고 보면 열등감이 돌덩이처럼 뭉쳐 있을 거다. 웬 개자식한테 무시를 당했으면 맨정신으로 가서 따져야지 술 마시고 집구석에서 자존심 찾으면 누가 알아주냐고! 어떤 때는 저렇게 버둥대다가도 그냥 곯아떨어지는데 오늘은 벌써 한 시간째 저러는 꼴을 보니 곱게는 못 넘어갈 모양이다. 위아래 층 사람들이 경비실에 신고라도 하면 경비가 인터폰을 해서 귀찮게 할 테고.

"정말 미치겠네!"

나는 이어폰을 빼서 책상 위에 던지고 일어섰다. 방바닥에 깨진 채 흩어져 있을 거울 조각을 치울까 생각하다가 그대로 현관문을 열고 나왔다.

"머리통에나 확 박혀 버려라."

불쑥 말을 내뱉고 나니 소름이 쫙 끼친다. 이건 수연 언니가 하던 소리다. 난, 정말 아빠한테 아무렇게나 지껄이는 언니가 싫었다. 그런데 나도 모르게 언니 말투를 그대로 따라 하고 있다. 언니의 거친 행동이 어느새 내 머릿속에 입력되었나 보다. 뭐야, 지금 이 골치 아픈 상황에서 벗어나려고 엄마와 임무 교대를 하려는 것까지 언니하고 똑같잖아. 정하연한테 정수연 귀신이 씌었나? 웬 귀신? 언니는 죽지 않고 멀쩡하게 살아 있는데…….

엘리베이터를 타고 1층에 내려오니 현관 앞에 채소랑 갖가지 식료품을 팔러 다니는 차가 서 있었다. 차 꼭대기에 매달려 발악하는 저놈의 땡그랑대는 종소리가 평소에도 거슬리던 차였다.

"아저씨, 저 종 좀 안 달고 다니면 안 돼요? 정말 짜증 나 죽겠어."

내가 인상을 팍 쓰자 검정 비닐봉지에 두부를 담고 있던 아저씨와 두부를 사려던 촌스러운 분홍색 바지의 여자가 동시에 고개를 돌려 쳐다보았다. 나는 두 사람을 쓱 째려보고는 중얼거렸다.

"장사를 해 먹으려면 조용히 해 먹어야지 저놈의 종소리 때문에 미칠 것 같아. 만약 내일도 저 짜증 나는 소리가 들리면 저놈의 종을 박살 내고 말 거야."

나는 일부러 슬리퍼를 탁탁 소리 나게 끌었다. 정말 이럴 때 누구라도 내 앞에 걸리면 확 잡아 뜯고 싶다. 중간고사도 얼마 안 남았는데 마음잡고 공부 좀 하려 했더니 그사이를 못 참고 이 난리다. 정말이지 모두가 내 인생에 도움이 안 되는 것뿐이다.

"여보, 하연이 중간고사가 며칠 안 남았으니까 일 끝나면 제발 술 마시지 말고 곧장 와요. 학원도 그만두고 혼자서 하는데……."

"알았어."

오늘 아침에도 철석같이 대답해 놓고는 붕어처럼 그새 잊어버리다니! 하긴, 나도 웃기는 애다. 저 인간 저런 꼴을 한두 번도 아니고 이때껏 수십 번 수백 번도 더 보며 살아왔는데 왜 갈수록 화가 더 나는지 모르겠다. 정상현, 언제는 미남이었다가 또 언제는 완전 노답이니 부모 자식 간이라도 그 변화무쌍함 때문에 무지 헷갈린다. 진아도 그게 이상한지 언젠가 나한테 정색하고 물었다.

"야, 정하연, 넌 어떤 땐 아빠 얘기 하면서 헤헤거리고, 또 어떤 땐 꼴 보기 싫다고 욕하고, 도대체 너희 아빠 색깔이 뭐야? 아니,

넌 너희 아빠를 사랑하고 있는 거니, 아니면 증오하고 있는 거니? 정말 묘한 부녀 관계다. 절대 내 머리로는 이해가 안 돼."

"몰라, 나도 왔다리 갔다리 하니까."

그땐, 민망해서 얼버무렸지만 진아 말이 맞다. 어떤 땐 내가 조울증이 있는 게 아닌가 싶을 정도로 아빠의 행동에 예민하게 반응한다. 잘생긴 아빠, 한심한 아빠? 글쎄, 우리 부녀의 색깔은 뭘까?

상가 건물 귀퉁이에 따개비처럼 천막으로 이어 붙인 조그마한 분식집 앞에 아이들이 올망졸망 모여 있었다. 엄마가 하는 '맛나분식'이다. 내가 애들 옆에 말없이 서서 어묵 꼬치를 빼 들자 철판에서 떡볶이를 긁어모으고 있던 엄마가 힐끗 쳐다보며 물었다.

"왜?"

"집에 가 봐."

"많이 취했어?"

"……"

엄마는 입을 실룩거리며 돈 통에서 돈을 챙겼다. 눈짐작으로 봐도 푸른 지폐는 네다섯 장이고 나머진 모두 천 원짜리와 동전들이다.

"얘들한테 아직 돈 안 받았어. 이제 팔 것도 얼마 없으니까 이 떡볶이만 다 팔면 문 닫고 정리해. 떡볶이 철판에 물 붓는 것 잊지 말고 설거지는 놔둬. 엄마가 내일 아침에 할게. 아이고, 인간이 언제 정신을 차릴는지."

엄마가 앞치마를 벗어 던지고는 중얼거리며 나갔다. 문득, 붉은 하늘을 이고 걸어가는 엄마를 눈 뭉치처럼 꼭꼭 뭉쳐서 던지고 싶다는 생각이 들었다. 만약 엄마가 없어진다면 그 인간과 나 그리고 언니는 어떻게 될까?

"야, 공짜로 줄게, 먹어."

어묵 꼬치를 물고 있는 두 꼬마 녀석 앞에 떡볶이를 긁어 접시에 담아 내놓았다. 녀석들의 입이 헤벌어졌다. 빈 떡볶이 철판을 바닥에 내려놓고 호스로 물을 뿌렸다.

"너희 빨리 먹고 오뎅값 줘."

내가 쌀쌀맞게 말하자 녀석들이 고추장이 묻은 입술을 손등으로 닦으며 동전을 내밀었다. 엄마 말대로 설거지는 그냥 접어놓고 쇠꼬챙이로 셔터 문을 내렸다. 그새 해가 지고 도로에 어둠이 내려앉았다. 그런데 갈 곳이 없다. 집으로 곧장 가자니 그 인간과 엄마가 실랑이 벌이는 꼴을 보기 싫고, 돌아다니자니 시험공부를 하지 못해 화가 났다. 괜히 학원을 그만뒀나? 지난달까지 채강이랑 같은 학원에 다녔다. 학교에서 야자 끝나고 곧바로 학원에 가면 10시 30분, 그리고 밤 12시 30분까지 학원 수업이 이어졌다. 집에 돌아와서 채강이하고 문자 좀 주고받다가 침대에 쓰러지면 아침. 다람쥐처럼 쳇바퀴를 돌다 보니 정말 죽을 맛이었다. 이왕 이렇게 삼 년을 버텨야 한다면 그깟 공부, 혼자서라도 제대로 해 보리라 마음먹고 학원을 그만뒀다. 어쨌든 이번 중간고사가 끝나면 제주도로 수련회를 간다. 이번에 열심히 공부해서 성적 올려놓고 가뿐하게 놀다 오는 거다.

슈퍼마켓에서 아이스크림 다섯 개를 사 들고 놀이터로 갔다. 뱃속이 냉각되면 정하연 인생, 좀 투명해지려나. 아이스크림 다섯 개를 다 먹어 치웠다. 속이 울렁거렸지만 그대로 막 쑤셔 넣었다. 정하연, 너 정말 괜찮은 애였는데 요즘 도대체 왜 그래? 사납고, 예민하고, 싸가지도 없고. 몰라. 나도 몰라. 이런 나 자신이 너무 밉고 싫어. 코가 찌릿해지면서 두 눈에 핑그르르 물기가 돌았다.

"이놈의 계집애, 거울이 깨졌으면 치우고 나가야지. 아빠 손 다 찔렸잖아."

현관문을 열고 들어서자 엄마가 걸레를 던지며 소리쳤다. 나도 인상을 팍 쓰며 되받았다.

"내가 왜?"

"내가 못 살아. 큰 게 속을 썩이고 나가더니, 작은 년마저……. 어여 저녁이나 먹어."

"안 먹어!"

그렇지 않아도 뱃속이 뒤틀려 죽겠는데……. 그리고 이런 날이면 집 안 공기마저 알코올에 오염된 것 같아 입맛도 없어진다. 그래도 공부는 하자. 책상에 앉아서 책을 펼쳤다.

"이거 먹고 해."

엄마가 딸기를 담은 접시를 들고 들어와 책상에 놓았다. 엄마 얼굴을 보니 또 속이 울컥 치밀었다.

"싫어. 갖고 나가!"

나는 고개도 들지 않고 차갑게 말했다.

"엄마는 저 인간이 지겹지도 않아?"

미쳤다. 정하연, 또 수연 언니가 하던 그 소리니? 정말 한심하다.

"이놈의 계집애가 그래도, 그럼 아빠를 버려? 그럼, 수연이하고 너는 어떻게 되는 줄이나 알아?"

"내가 뭐?"

"이 철없는 것아, 둘이 벌어도 힘든데, 나 혼자서 어떻게 너희를 키우니?"

"몰라. 내가 엄마라면 이렇게는 안 살아."

"너, 정말……."

엄마가 눈을 치뜨고 거칠게 숨을 몰아쉬었다. 이러다 또 잡아

뜯기면 나만 손해다. 나는 얼른 엄마를 문밖으로 밀어내고 방문을 닫았다. 아, 정말 모르겠다. 우리 엄마 김영옥, 억세고 거칠기로는 대한민국에서 둘째가라면 서러워할 아줌마가 왜 저런 남편과 죽이 맞아 사는지, 나 같으면 저런 인간과 진작 이혼해 버렸을 거다.

3

 5월이다. 따뜻한 햇볕과 살랑거리는 봄바람, 만발한 철쭉꽃! 이 봄의 절정에도 고달픈 청춘은 중간고사 때문에 정신없다. 이번엔 예체능을 안 본다고 하지만, 그래도 여덟 과목이다. 지난번에 본 모의고사는 내신에 들어가지 않지만 이번 중간고사는 확실하게 내신에 들어가기 때문에 정신을 차려야 한다. 교실에 들어서며 주위를 둘러보니 몇몇 생각 없는 애들을 제외하고는 모두가 초긴장 상태다. 만약 이 순간에 누군가가 돌발적인 행동을 한다면 팽창된 교실 공기가 얇은 유리 조각처럼 쨍 하고 깨져 버릴 것 같다.
 첫 시간은 국어다. 앞뒷면으로 빽빽한 지문이 장난이 아니다. 시험지가 무려 석 장. 긴 지문을 골똘히 생각하며 읽다 보니 아뿔싸, 시간이 촉박하다. 이럴 줄 알았으면 시간 안배를 미리 했어야 하는 건데……. 당황스러운 마음에 뒷부분은 다 읽지도 못하고 답을 찍었다. 정말 약이 올라서 돌아 버릴 것 같다. 그런데 불난 집에 부채질하는 격으로 마치는 종소리가 울리자마자 진아가 쪼르르 달려와서 얄밉게 물었다.

"하연아, 잘 봤어?"

"몰라, 망쳤어. 지문이 왜 이렇게 길어. 시간 놓쳐서 뒤에는 그냥 찍었어. 넌?"

"나도 찍었어."

말은 그렇게 하지만 두 눈에 웃음이 번지고 있는 것을 보니 잘 본 모양이다. 진아가 진짜로 시험을 못 봤을 땐 결코 저런 표정이 아니다. 금방이라도 폭삭 꺼질 듯이 얼굴이 푸르죽죽해지면서 두 입술을 옹다문다. 말을 붙이면 톡 쏘아붙인다. 그래, 김진아! 이제부터 진짜로 친구보다는 대학의 문을 향해 치열하게 싸워야 하는 경쟁자라 이거지. 그러나 난 결코 너에게 뒤지지 않을 거야.

야, 정하연, 마음만 먹으면 뭐 하냐? 그러니까 국어 시험 생각은 빨리 잊고 얼른 사회 요약 노트 펴. 하긴, 뭐 사회는 강하니까. 아니야, 방심하다 실수하면 안 되지. 나는 재빨리 요약 노트를 펼쳐 놓고 외우기 시작했다. 그동안 얼마나 외워 댔던지 내 눈길이 미처 활자에 닿기도 전에 노트에 있는 글자들이 밖으로 튀어나와 뱅뱅 떠다녔다.

둘째 시간 사회 시험을 시원하게 잘 보고 나니 그래도 속이 트였다. 셋째 시간 영어도 괜찮았다. 책가방을 챙기고 진아의 자리를 보니 벌써 비어 있다. 아무리 그래도 혼자 갈 리는 없는데……, 화장실에 갔겠지.

―나 수학 보충 땜에 먼저 간다. 미안!

복도에서 기다리고 있는데 문자가 왔다. 그래, 어련하겠어. 공붓벌레! 화가 났지만 가만히 생각해 보니 이해할 수도 있을 것 같다. 진아와 난, 초등학교 때부터 둘도 없는 단짝이면서도 언제나 시험 때만 되면 서로에게 치열한 경쟁 상대였다. 지금 생각해도 웃긴다. 중학교 1학년 때, 그때도 아마 첫 중간고사를 본 후였을 거다. 하루는 진아가 엉엉 울면서 말했다.

"하연아, 미안해. 난, 네가 없어지면 좋겠다고 기도했어. 네가 나보다 시험을 잘 봤잖아. 너무나 샘나서……. 미안해! 나 벌받으면 어떡하지?"

"괜찮아. 그럴 수도 있지, 뭐."

진아가 불쌍해서 말은 그렇게 했지만 그 이후로 진아를 무지 미워했다. 그런데 웃기는 것은 진아가 시험을 잘 보면 나도 속으로 그 애가 사라져 버리든지, 우주로 날아가 버렸으면 좋겠다는 상상을 했다는 거다.

―하연아, 시험 잘 봤어? 파이팅!

채강이한테 문자가 왔다. 짜식! 귀엽긴……. 시험 기간인데도 착실하게 문자를 보내고. 아니다. 이건 귀여운 게 아니고 답이 없는 거다. 임채강, 제발 시험 좀 잘 봐 주라. 생각해 봐. 김진아 + 이현규 = 공부 잘하는 애들! 답이 딱 나오잖아. 그런데 뭐야? 정하연 + 임채강 = 뭔가 좀 애매하지 않니? 하긴, 내가 고민한다고 임채강 유전자가 업그레이드될 리도 없지만 그래도 난, 공부 잘하는 남친이 좋단 말이야.

―너 성적 안 오르면 우리 끝이야.

문자를 적어 놓고 보니 그래도, 이건 아니다 싶어 보내지 않았다. 채강이도 나름대로 애쓰는데 이런 걸 가지고 협박하는 건 정말 유치하다.

―응, 너도 힘내서 열공해라.

 둘째 날, 그런대로 한국사하고 기술·가정은 잘 봤는데 마지막 수학 시간에 또 머리가 돌았다. 10점짜리 응용문제를 얼마나 꼬아 놓았는지 식을 세울 수가 없다. 그래도 수학은 내가 좋아하는 과목인데 이렇게 배신을 당하다니……. 수학도 망했다. 셋째 날 과학은 유전자 체계와 화학 원소기호를 달달 외운 덕에 괜찮았고 윤리, 뭐 난 원래 도덕적인 인간이니까 문제 될 게 없었다. 어쨌든 중간고사는 끝났다. 휴우…….
 "하연아, 시험 끝났는데 우리 노래방 갈래?"
 "둘이서?"
 "아니, 현규랑 채강이랑 나오라고 해서."
 "아니야, 난 자고 싶어."
 "너 밤새 공부했구나!"
 "그러는 넌?"
 "난, 대충 봤어."
 진아하고 집으로 돌아오면서 또 신경전이다. 풋사과같이 새콤달콤하게 인생을 즐겨야 할 청춘들이 언제까지 이렇게 성적에 목매달고 친구끼리 피 터지는 탐색을 해야 하는지. 정말 한심하고 이렇게 몰아가는 현실이 원망스럽기도 했다. 나는 끝내 진아에게 시험 보느라 수고했다는 말 한마디 못 해 주고 자꾸 헛웃음만 날리며 걸었다.

언제나 그랬듯이 현관문을 열고 아무도 없는 집에 들어서니 문득 집 안 풍경이 낯설게 느껴졌다. 너무나 조용해서일까? 아니야, 지금 내겐 누군가가 필요해. 그러니까 오늘 같은 날 말이야. 이렇게 몸과 마음이 지쳐서 돌아온 날, 엄마가 집에 있었으면 좋겠어. 어린아이처럼 엄마 품에 뛰어들어 꼭 안기고도 싶고, 엄마가 "수고했어, 딸!" 하면서 활짝 웃어 주면 좋겠어. 내가 필요할 때 왜 엄마는 없는 거야. 에이, 정하연 너, 아직 아기구나. 그래, 차라리 아기였으면 좋겠다. 혼자서 중얼거리며 침대에 쓰러졌다. 이상하게도 몸은 물에 젖은 솜뭉치처럼 무거운데 정신은 말똥말똥하다. 나도 모르게 두 눈가로 물방울이 쪼르르 흘러내렸다. 시험, 끝없이 외롭고 슬픈 길……. 그러나 절대로 반항할 수 없는 길……. 비겁하게 피하지는 않을 거다. 정정당당하게 정면으로 도전해서 이기고 말 거다. 난, 정하연이니까.

다음 날 교실에 들어서니 아이들이 웅성거렸다. 가채점 결과가 나온 모양이다. 속상해서 미치겠다. 이번 시험에서도 진아에게 또 밀렸다. 아직 확실한 점수가 나온 건 아니지만 국어와 수학에서 진아에게 약간 밀린 것 같다. 진아, 계집애. 그렇게 공부해 놓고도 뭐, 그냥 대충 본 거라고? 공부 안 하고 대충 본 게 그 정도냐고. 생각할수록 분통이 터졌다. 정말 열심히 했는데. 하루 종일 기분이 착 가라앉고 입안이 깔깔하다. 겉으로는 억지 미소를 지으며 진아에게 애썼다는 말을 건넸지만 속으로는 죽을 맛이다. 헤헤거리는 진아의 얼굴을 보니 더 미칠 것 같다. 정하연, 앞으로 기말고사도 있는데 왜 그래? 정말 옹졸하다. 너 원래 이것밖에 안 되는 아이였어? 아니야, 나도 이런 내가 미워. 그런데 그게 잘 안 되는데 어떡해!

―하연, 지금 나와. 117동 앞

한참 울고 있는데 채강이한테서 문자가 왔다.

―야, 나 지금 너 만날 기분 아냐. 시험 망했어.
―일단 나와. 우리 기분 풀러 가자.

그래, 이렇게 집에 틀어박혀 운다고 시험 점수가 알아서 기어올라가는 것도 아니고, 내일모레 수련회도 가는데 이런 기분으로는 갈 수 없다. 채강이하고 만나서 돌아다니면 기분이 좀 풀릴지도 모른다.

"하연아, 내가 오늘 확실하게 쏜다. 봐, 지갑 빵빵하잖아. 오늘 형이 알바비 받았다고 좀 투척하더라."

채강이가 주머니에서 지갑을 꺼내 손바닥으로 툭툭 치며 자랑했다.

"너희 형 알바해?"

"어, 대학생들은 시간이 남아도나 봐. 저녁에 주유소 알바해. 우리 형 돈 모아서 이번 여름방학에 여친이랑 동남아 배낭여행 간댄다."

"좋겠다. 나도 여행 가고 싶은데."

"기다려. 이번 여름방학에 형이 알바 자리 나한테 넘겨주기로 했으니까. 그럼 오늘 스케줄은 일단 저녁 먹고, 영화 볼래?"

귀여운 녀석! 중학교 때까지만 해도 어리바리해 보이던 녀석이 이제는 꽤 의젓하고 듬직하다.

"우리 손잡고 가자."

"싫어!"

"왜, 창피해? 뭐, 어때 진아랑 현규는 손잡고 다니던데."

"우리 동네 탈출하면."

둘이서 버스를 타고 시내로 나갔다. 분식집에서 라볶이를 먹고 영화관으로 가면서 채강이가 슬그머니 내 손을 잡았다. 손바닥이 약간 간질거렸다.

"야, 왜 멜로 영화야. 액션으로 보자."

"15세 관람가, 괜찮을 것 같은데."

"난 울고 짜는 영화는 질색인데⋯⋯. 제목이 촌스럽게 「나의 특별한 사랑 이야기」가 뭐야."

내가 입을 쭉 내밀자 채강이가 영화 포스터를 소리 내어 읽었다.

"운명처럼, 친구처럼, 우연처럼. 재밌겠는데."

채강이는 기어이 그 영화를 보자고 우겼다. 영화 속 남녀가 서로 안고 키스할 때 채강이가 내 손을 꽉 움켜잡았다. 나는 가만히 채강이의 어깨에 머리를 기댔다. 채강이에게서 좋은 냄새가 났다. 내가 마치 영화 속 주인공이 된 것처럼 달콤한 침이 꼴깍꼴깍 목구멍으로 넘어갔다.

"야, 영화에 나왔던 여자 셋, 진짜 섹시하지 않니?"

"아니야, 남자 주인공이 완전 멋졌지. 아, 그 눈빛 연기."

"야아, 정하연 너!"

"뭐, 임채강 너⋯⋯ 지금 질투하니?"

우리는 서로 마주 보며 쿡쿡 웃었다. 영화관에서 빠져나오니 이미 날이 어둑했다. 아이스크림 가게에서 아이스크림을 먹고 여기

저기 기웃거리며 쏘다녔다. 집으로 돌아오는 버스를 타려고 정류장에 서 있는데 핸드폰이 울렸다. 엄마다.

"너 어디야?"

"응, 버스 정류장. 지금 버스 타려고."

"누구랑 있어?"

"친구들."

"빨리 와."

언니가 집을 나간 후부터 저녁이 되면 엄마의 단속이 심해졌다.

"하연아, 우리 집에서 좀 놀다 갈래?"

"너희 집에서? 식구들 있잖아?"

"참, 우리 아빠 지난달부터 부산에서 일해. 엄마도 오늘 나 중간고사 끝나자마자 아빠한테 바로 내려갔어. 그리고 형은 오늘 엠티 갔어."

채강이네 집은 어떻게 해 놓고 살까? 채강이 방은? 갑자기 호기심이 일었다.

"그럴까? 그런데 너, 나 유괴하는 건 아니지?"

"야, 유괴라니. 어떻게 그런 식으로 얘기하냐?"

"미안!"

채강이네 집은 5층이었다. 문을 열자 채강이 엄마의 빛나는 솜

씨가 한눈에 들어왔다. 앞 베란다를 훤히 튼 넓은 거실은 원목으로 된 거실 장과 아이보리 색조의 벽지, 그리고 소파가 멋진 조화를 이루었고 드라이플라워가 거실 곳곳을 장식하고 있었다.

"여기 어디야?"

벽면 한가운데 커다란 그림이 걸려 있었다.

"어, 그거. 채석강이야. 우리 엄마 아빠가 채석강에 놀러 갔다가 만났대. 그래서 내 이름을 채강이라고 지었다는데."

"그럼 너희 형 이름은?"

"우리 형 이름? 우리 형은 아빠 이름에서 한 글자, 엄마 이름에서 한 글자씩을 따서 지었고."

"그렇구나. 너희 엄마 실내 장식 전문가니?"

"아니, 꽃꽂이를 좀 잘해."

"역시……, 네 방은 어디야?"

"내 방? 아이, 안 되는데……. 엉망이야."

채강이 방은 온통 어질러져 있었다. 침대 위에는 벗어 던진 속옷이며 양말이 굴러다녔다. 채강이가 계면쩍게 웃으며 주섬주섬 흩어진 것들을 주웠다.

"야, 그러지 말고 평소에 좀 치우고 살아라. 하긴, 뭐, 괜찮아. 인간적이네."

"그래, 방은 다음에 치우고. 우리 형, 자기 여친 데려오면 폼 나게 같이 와인 마신다. 우리도 한잔할래?"

내가 집 안을 기웃거리는 사이에 채강이가 와인과 과일이 담긴 쟁반을 들고 나타났다. 이 녀석, 가소롭게 지금 자기 형을 흉내 내고 있는 거다. 채강이가 잔에 와인을 따라서 건네주며 말했다.

"자, 우리 건배하자."

"뭘 건배해."

"음. 그냥 잘 살게 해 달라고. 그리고 너하고 오래가게 해 달라고."

"야, 너 진짜 웃긴다. 꼭 영화에서 본 장면 흉내 내는 것 같아."

나는 어색한 분위기를 바꿔 보려고 킥킥 웃었다.

"자. 건배!"

"좋았어."

"하연아, 정말 좋다. 이렇게 둘이만 계속 계속 있으면 좋겠다."

채강이는 자연스럽게 내 어깨에 팔을 두르고 와인을 계속 마셨다. 나도 멋쩍은 생각을 떨치려고 홀짝홀짝 와인을 마셨다.

"하연아, 자, 더 마셔."

채강이가 내 잔에 와인을 또 따랐다.

"너도."

나도 채강이 잔에 와인을 가득 따랐다.

"자, 또 건배하자!"

"좋아, 건배!"

둘이서 장난스럽게 컵을 부딪친 후, 와인을 쭉 들이켰다. 박하를 쏟아부은 것 같은 환한 기운이 머리로 올라왔다.

"기분 좋지? 하연아……, 나 좋아?"

채강이가 내 얼굴에 자기 얼굴을 바짝 붙이며 물었다.

"응."

"나도 너 좋아."

채강이가 내 눈을 들여다보며 말했다. 채강이의 날숨에서 술 냄새가 확 풍겨 나면서 열기가 느껴졌다. 기분이 젤리처럼 말랑말랑해지더니 환하던 머릿속이 갑자기 어질어질해졌다.

"야, 자꾸 이러지 마. 기분 이상해."

"괜찮아. 하연아, 우리 뽀뽀할래?"

장밋빛으로 물든 채강이의 입술이 벌써 내 입술 가까이에 있었다. 어, 첫 키스! 갑자기 머릿속에 뽀얀 안개가 폭폭 올라오면서 가슴이 파르르 떨렸다. 내 입술에 채강이 입술이 닿았다. 나는 눈을 꼭 감았다! 달콤한 와인 냄새가 향기로웠다. 누가 붙잡고 있는 것도 아닌데 꼼짝할 수가 없다. 아, 이대로 무너지고 싶다! 그러나 순간, 정신이 번쩍 들었다. 아니야! 이대로 빠져들면 헤어나올 수 없어! 정하연, 인생 깔끔하게 살자, 잊었니?

"아…… 안……."

목구멍에서 가쁜 소리가 올라왔다. 그러나 채강이의 거친 숨소리에 내 목소리가 묻혔다.

"하연아, 정말 네가 좋아!"

채강이가 갑자기 나를 꽉 안았다. 호흡이 뚝 멈춰지고 온몸이 그대로 얼어붙었다.

"하연아, 사랑해……. 하연아, 하연아…… 사랑해!"

채강이가 미친 듯 중얼거리며 내 몸을 더듬었다. 아, 이러면 안 되는데……. 갑자기 내 눈앞에 언니 얼굴이 스쳐 지나갔다. 아니야, 정말 이러면 안 돼! 술에 취한 아빠 모습도 떠올랐다. 그리고 엄마 얼굴도……. 정신이 번쩍 들면서 두 팔에 힘이 주어졌다.

"하연아……, 괜찮아!"

채강이의 손이 내 속으로 들어왔다. 도저히 거부할 수 없었다. 아니, 거부하기 싫었다. 채강이의 열에 들뜬 목소리가 더 강하게 나를 몰아갔다. 온몸이 불 속에 던져진 것같이 홧홧했다. 나는 더는 참지 못하고 채강이를 꽉 안고 말았다.

"아…… 파……!"

아프다. 찢어지는 고통이 아래로부터 느껴졌다. 힘껏 몸부림쳤지만 채강이가 나를 더욱 파고들었다. 밀착된 채강이 가슴 때문에 숨이 막혔다. 나도 모르게 의식이 점점 몽롱해지면서 깊고 어두운 터널 속으로 빨려 들어갔다.

"하연아, 하연아, 못 참겠어."

"아……"

그 순간 내 속에서 알 수 없는 그 무엇이 우르르 무너지는 소리가 들렸다.

얼마나 시간이 지났을까? 채강이의 숨소리가 서서히 잦아들면서 나를 안았던 팔이 풀렸다. 꼭 감은 내 두 눈에도 희미하게 터널의 끝이 보였다. 저 먼 곳, 어디에서 아지랑이 같은 아련함이 스멀스멀 올라와 온몸을 감쌌다. 눈을 번쩍 떴다. 아, 이제 어떻게 해야 하나? 어떻게……? 채강이를 밀쳐 내고 황급히 일어나는데 머리가 핑 돌았다. 정신을 차리고 내 모습을 보니 이럴 수가! 눈앞이 아찔했다. 채강이와 내 팬티가 소파 밑에 뒹굴고 있었다. 갑자기 온몸이 마구 떨렸다. 이럴 순 없다! 정말 이럴 순…… 없다.

"하연아, 미안해!"

채강이가 고개를 푹 숙인 채 쉰 소리를 냈다. 나는 일어나 허둥지둥 옷을 챙겨 입었다. 발걸음을 옮길 때마다 비틀걸음이 나면서 통증이 느껴졌다.

"이건 정말 실수야! 용서해 줘, 하연아!"

채강이가 꺼지듯 숨을 내뿜으며 내 앞을 막아섰다.

"몰라. 이 나쁜 놈아! 나 어떡해. 흑흑흑."

채강이를 밀치고 밖으로 뛰어나왔다. 손이 떨려서 엘리베이터 버튼을 겨우 눌렀다. 휘청휘청 도로를 걸으며 올려다본 하늘은 내 마음처럼 무겁고 검게 내려앉아 있었다.

4

 정하연, 핑계 대지 마! 아무리 급조한 인생철학이지만 이렇게 박살을 내도 되는 거니? 임채강 나쁜 자식! 아니, 이건 그 애만의 잘못이 아냐. 그 순간, 내 속에 웅크리고 있던 그 무엇이 채강이를 강하게 원했던 거야. 나는 분명 정하연인데 내 속에 또 다른 욕망을 품은 정하연이 들어 있었어. 그런데 만약 임신이라도 되면? 아니다. 딱 한 번이었고, 그것도 순간이었는데 아닐 거야. 정말 아닐…… 거야!
 어제는 진아가 수련회 때 입을 옷을 사러 가자고 문자를 보냈고, 채강이한테서는 미안해, 어쩌고 하는 문자가 서너 번 왔지만 딱히 할 말이 없어서 답장을 보내지 않았다. 머릿속이 온통 헝클어져 모든 게 안개처럼 뿌옇다. 어쩌면 정말 꿈을 꾸었는지도 몰라.

아니, 꿈이었음 좋겠어.

"하연아, 그만 일어나. 오늘 수련회 가는 날이잖아."

그래, 오늘은 제주도로 수련회를 가는 날이다. 엊그제까지만 해도 그렇게 기다리던 수련회였는데 지금은 모든 게 다 귀찮다. 억지로 일어나 뜨거운 물로 샤워했다. 채강이는 나를 좋아하고 나도 채강이를 좋아하는데 뭐가 문제지? 우리가 한 일은 정말 나쁜 일일까? 누가 나쁘다고 말했지? 그렇다면 그 나쁜 일에 왜 우린 빠져들고 싶어 했을까? 아, 정말 알 수 없는 것들이 너무나 많아서 가슴이 답답하다. 오늘따라 탱탱한 가슴과 파란 핏줄이 설핏하게 비치는 창백한 허벅지가 참 민망해 보인다.

"하연아, 가방 안 챙겨?"

"아이 몰라, 자꾸 소리 좀 지르지 마. 머리 아파 죽겠어!"

"너, 아직도 시험 성적 때문에 그러는 거야? 다음에 잘 보면 되잖아."

엄마의 채근에 못 이겨 밥을 삼키려 해도 목구멍이 막힌 것같이 잘 넘어가지 않았다. 엄마, 미안해. 난 지금 죄를 지은 것 같아서 마음이 답답해. 엄마한테 솔직하게 모두 말해 버리고 싶다. 그러나 용기가 없다. 왜일까? 엄마가 실망할까 봐. 아님, 어떻게 말을 꺼내야 할지 몰라서. 그것조차 모르겠다.

―하연, 8시까지 버스 정류장으로 와.

진아한테서 문자가 왔다. 나도 진아처럼 즐거웠으면……. 가슴이 굵은 가시에 찔린 것처럼 뜨끔거린다.

"우리 딸 그렇게 입으니 아가씨 같네, 참 예쁘다!"

배낭을 메고 문을 나서는데 엄마가 웃으며 말했다. 늘 교복을 입고 집을 나서는 모습만 보다가 이렇게 청바지와 재킷을 걸친 모습이 엄마 눈에는 예쁘게 보인 모양이다. 나도 엄마한테 웃음을 보내고 싶었다. 그런데 엄마 눈을 바라본 순간, 슬그머니 고개가 아래로 떨어졌다.

"괜찮겠어? 괜히 제주도까지 가서 더 아프면 큰일인데……."

엄마가 걱정하며 엘리베이터 앞에 서 있었다.

"괜찮아. 걱정 마."

불퉁하게 한마디 내던지고 발걸음을 옮겼다.

진아가 버스 정류장에서 기다리고 있었다.

"하연아, 빨리 와. 우리 공항버스 타는 데까지 택시 타고 가자. 현규하고 채강이도 이리로 오라고 문자 보냈어."

"걔네를 왜 불러?"

"왜? 같이 가면 좋잖아. 택시비도 절약되고."

그래, 정하연. 채강이를 만나도 그냥, 이전처럼 대하면 된다. 비행기를 타고 하늘을 날아서 제주도의 푸른 바다를 보며 신나게 즐기는 생각만 하자.

"야, 빨리 와."

저만치에서 걸어오는 채강이와 현규를 보고 진아가 손을 흔들며 소리쳤다. 나는 가슴을 펴고 호흡을 가다듬었다.

"안녕……."

채강이가 눈길을 바닥으로 떨어뜨리며 인사했다.

"응, 안녕!"

나는 눈에 힘을 주고 일부러 밝게 대답했다. 그러나 목소리가 약간 떨렸다.

"야, 늦었어. 빨리 택시 잡아."

진아가 호들갑을 떨며 남자애들을 다그쳤다. 나도 진아처럼 목소리를 높여서 뭐라고 떠들고 싶은데 그게 마음처럼 잘 안 된다. 애들 옆에 서 있으려니 영 어색했다. 택시에서 내려 공항버스를 탈 때 진아는 현규 옆에 가서 앉았다. 순간, 뒤따라 버스에 오르던 채강이가 당황한 눈빛으로 먼저 앉은 나를 바라보았다. 마주친 우리 둘의 눈동자가 잠시 흔들렸다.

"앉아!"

나는 앉았던 의자를 채강이에게 내주고 창 쪽으로 옮겨 앉았다. 말없이 내 옆에 앉아 있는 녀석은 완전히 주눅 든 모습으로 고개를 꺾고 있었다. 앞에 앉은 진아와 현규는 연신 호호거리며 이야기를 나눴다. 그러나 채강이와 난 서로 약속이나 한 듯 가만히 있었다.

"야, 둘이 싸웠어? 왜 그렇게 뻘쭘해?"

진아가 샌드위치를 건네주며 물었다. 채강이와 내 눈길이 동시에 마주쳤다. 나도 모르게 피식 웃음이 나왔다. 그 모습을 보고 채강이도 웃었다. 그래, 웃자. 괜히 표 내지 말고.

"먹어!"

"응, 그래……."

채강이가 샌드위치를 받아 들고 계면쩍어했다.

"야, 오늘 하늘 참 맑다. 저기 새털구름 좀 봐."

나는 샌드위치를 한입 가득 베어 물고 우적우적 씹으며 하늘을 가리켰다. 내 손끝을 따라 고개를 드는 녀석의 얼굴에서 희미한 웃음이 돌았다.

공항에는 이미 우리 학년 아이들이 모여서 반별로 줄을 서고 있었다. 채강이와 현규는 자기 반을 찾아가고 진아와 나는 함께 비행기에 올랐다.

"정하연, 너 채강이랑 무슨 일 있었지? 빨리 말해."

비행기에 오르자마자 진아가 다그쳤다.

"무슨 일?"

"어라, 이 언니의 눈을 속이려 하다니! 너희 둘, 아침부터 좀 이상했어. 공항까지 오는 내내 서로 말도 없고. 아냐, 아냐, 혹시, 너희들 찢어진 거 아니야?"

"아니야."

"그럼…… 정말 궁금하네. 정하연과 임채강의 침묵이 무얼 의미하는 건지."

진아가 촉수를 세우고 탐색에 들어갈 모양이다. 이래서 진아한테는 비밀로 해야 한다. 진아는 궁금한 건 못 참는 애니까. 진아가 깨우는 소리에 눈을 떠 보니 벌써 제주도에 도착했다. 정말 눈만 감았다 뜬 것 같은데 내처 잔 모양이었다. 얼떨떨한 정신으로 밖으로 나와 기다리고 있던 버스에 올랐다. 버스는 곧장 성산 일출봉으로 향했다.

"선생님, 전 몸이 아파서 그냥 버스에 있을래요."

내가 담임에게 말하자 옆에서 진아가 냉큼 거들었다.

"선생님, 정말이에요. 애 상태가 별로 안 좋아요. 비행기에서도 축 처져서 잠만 잤어요."

"어디가 아픈 거야?"

"그냥, 감기 몸살요."

"그래, 그럼 넌 버스에서 쉬어라."

아이들이 버스에서 내리며 왁자지껄 떠들었지만 나는 눈을 꼭 감고 그대로 앉아 있었다. 잠은 오는데 머릿속은 바람이 든 것처럼 횅했다.

"하연아, 일어나. 점심 먹으러 간대."

진아가 발개진 얼굴에 흐르는 땀을 닦으며 나를 깨웠다. 점심을 먹으러 간 곳은 서귀포 목장 옆에 있는 흑돼지 전문 음식점이었다.

"야들아, 이게 바로 그 유명한 제주 똥돼지라는 기다. 너희들 많이 먹어라. 어디 진짜 똥 먹은 돼진지 맛 좀 보자."

국어 선생님이 고기를 한 점 집어 들더니 입을 딱 벌렸다.

그때 옆에 앉은 진아가 소리쳤다.

"으악. 이것 봐. 이 털!"

"우웩!"

구멍이 숭숭 뚫린 붉은 돼지 껍데기에 거무스레한 털이 까칠하게 붙어 있었다. 우리 상에 있던 여자아이들이 입을 막은 채 젓가락을 놓고 밖으로 나갔다. 나도 진아와 함께 자리를 일어났다.

"뭐야, 배고파 죽겠는데."

아이들이 옆에 있는 편의점으로 몰려갔다. 그때 먼저 와서 점심을 먹은 현규와 채강이가 편의점에서 아이스크림을 사 들고 나왔다. 둘을 보자마자 진아가 다가가 물었다.

"야, 너희 밥 먹었어?"

"응."

"돼지 껍데기에 털 없었어?"

"털? 아, 있었어. 왜?"

"아니, 그걸 먹었어? 아유, 야만인들. 그걸 그냥 먹다니……. 우린 못 먹고 나왔어. 하연이는 아파서 성산 일출봉에도 못 올라갔는데 아픈 애가 굶어서 어떡해."

진아가 나를 힐끗 돌아보며 말했다.

"잠깐만, 내가 컵라면 사 올게."

채강이가 편의점으로 뛰어 들어갔다.

"야, 넌 뭐 하냐? 채강이는 하연이 이야기가 나오자마자 뛰어갔는데. 나도 아직 점심 못 먹었거든?."

진아가 현규에게 대놓고 핀잔을 주자 현규가 장난스럽게 진아 등을 떠밀며 편의점으로 데려갔다.

"하연아, 자. 이거 먹어."

채강이가 뜨거운 물이 담긴 컵라면을 내밀었다.

"하연아, 많이 아파?"

채강이가 물었다. 나는 채강이의 말을 못 들은 척하고 컵라면을 후루룩 삼켰다. 애들도 왔다 갔다 하는데 녀석에게 불안하고 답답한 내 속마음을 분출할 순 없으니까.

점심을 먹은 후, 우리는 섭지코지에 갔다. 검은 돌 현무암에 둘러싸인 푸른 바다 위로 하얗게 부서지는 파도를 보니 속이 다 시원했다. 역시 자연은 인간의 정서를 정화하는 힘이 있나 보다. 제주의 경치를 보며 친구들과 어울리다 보니 한결 기분이 나아졌다. 오늘 마지막 코스는 승마 체험. 우리는 줄을 서서 카우보이모자를 쓰고 노란 조끼를 입은 후 차례를 기다렸다. 내가 탄 말은 다른 말에 비해서 좀 컸다. 내가 말 잔등에 올라앉아 고삐를 받아 쥐는데 이놈이 슬금슬금 옆에 서 있는 말한테 다가갔다. 아, 뭐야, 이놈이…… 옆에 서 있는 말 궁둥이를 핥더니 그놈 다리 사이에 고개를 처박고 마구 비벼 댄다.

"야, 저 말 좀 봐. 크크크!"

"어머, 어머!"

뒤에서 차례를 기다리던 아이들이 모여들어 구경을 하며 킥킥댔다. 이 저질아, 너 때문에 나까지 망신이잖아. 그렇다고 이 상황에서 뛰어내릴 수도 없고, 정말 창피해서 안절부절못했다. 그때 일하는 아저씨가 다가와 농담하며 작대기로 말 궁둥이를 때렸다.

"이놈아, 아무리 발정이 나도 그렇지 벌건 대낮에 이 많은 학생들 앞에서 뭔 일이여. 빨리 못 떨어져, 어허. 이놈이 창피한 줄도 모르고!"

그제야 망할 놈이 고개를 쳐들더니 침을 질질 흘리며 걸음을 옮겼다. 작대기로 몇 대 더 맞고서야 뛰긴 뛰었지만 발정 난 그놈의 말 때문에 창피해서 죽을 뻔했다.

저녁이 되어 숙소에 들어왔다. 간단한 단체 활동이 끝난 후, 남자애들은 몰래 맥주를 마시며 돈내기 카드놀이를 하다가 선생님들한테 걸려서 된통 혼이 났고, 여자애들은 방에서 베개 싸움을 하다가 몇몇이 옆방으로 건너갔다가 오히려 그 방 애들한테 당하고 분해서 씩씩거리며 돌아왔다. 정말 애들 하는 짓이 유치하다. 어째 중학교 때랑 하나도 안 변했냐? 진아가 현규와 채강이를 불러내려고 몇 번이나 문자를 보냈지만 핸드폰이 꺼져 있는지 답장이 오지 않았다.

다음 날 오전에는 일출랜드에 갔다. 먼저 도착한 다른 반 아이들이 미천굴 앞 분수대에서 손뼉을 치며 깔깔대고 있었다. 우리 반 아이들도 우르르 몰려갔다. 그런데 뜻밖에도 그 반 여자아이들이 채강이를 분수대에 밀어 넣으려고 실랑이를 벌이고 있었다. 감히 채강이를 만만하게 보다니! 이미 현규는 분수에 빠져 생쥐 꼴이 되어 있었다. 채강이가 물에 빠지지 않으려고 발버둥을 쳤다.

"야, 쟤네들 미쳤어. 정말!"

진아가 눈을 동그랗게 뜨고 손가락으로 가리켰다. 그 사이 남자 애들까지 합세해서 기어이 채강이를 분수에 밀어 넣었다. 채강이가 머리를 털며 일어났다. 현규가 채강이 옆으로 걸어와 손을 잡고 두 팔을 번쩍 들었다.

"하연아, 쟤들 꽤 섹시하지 않나?"

진아가 내 어깨를 툭 치며 웃었다. 물에 젖어 옷이 몸에 쫙 달라붙자 두 남자아이의 몸매가 햇빛 아래에서 조각처럼 선명하게 드러났다. 채강이에게 눈길이 갔다. 나도 모르게 그날 저녁 그 느낌이 살아나서 얼굴이 붉어졌다.

그때였다. 채강이가 입을 크게 벌리고 하늘을 향해 포효하듯 악을 써 댔다.

"아 아 아 악—악!"

쏟아져 내리는 물줄기를 타고 채강이의 포효가 또다시 이어졌다.

"아 아 아 아 악—."

눈알이 튀어나올 듯이 두 눈을 부릅뜨고 소리치는 채강이는 마치 사나운 짐승 같았다.

"어머, 어머, 쟤 미쳤나 봐."

"채강이 쟤, 왜 저래?"

손뼉을 치며 깔깔대던 아이들이 채강이가 소리치는 것을 보고 놀라서 서로 쳐다보았다. 채강이의 저 절규가 무엇을 의미하는 걸까? 혹시……그날 밤 일? 그러면 채강이도 나처럼 충격으로……? 야, 임채강, 그러지 마. 우리가 뭘, 얼마나 큰 잘못을 저질렀다고. 그건 미친 호르몬 때문에 일어났던 한순간의 실수였어. 그 순간 안경을 벗은 채강이의 눈빛이 내 눈빛과 딱 마주쳤다. 우리는 슬프고 어설프고 투명한 눈빛으로 서로를 향해 희미하게 미소를 지었다.

─하연아, 만나자.

수련회에 갔다 온 후에도 괜히 어색해서 만나지 않았는데 오늘 채강이한테서 문자가 왔다. 만날까 말까? 남자들은 여자랑 한번 하고 나면 완전히 자기 것인 양 생각한다는데, 그건 죽어도 안 되지. 내가 뭐 물건인가? 만약에 채강이 그 녀석이 날 함부로 대하면 가만두지 않을 거다. 내가 그동안 얼마나 마음고생을 했는데…….

그래, 언제까지고 이렇게 찜찜한 관계로 남아 있기는 싫다. 지난 일은 싹 잊고 다시 사귈 수 있으면 사귀고, 아님 깔끔하게 끝내자. 약속 시간에 맞춰 놀이터로 나갔다. 채강이가 먼저 와서 기다리고 있었다. 그런데 채강이를 본 순간, 차갑던 내 이성이 갑자기 허물어지고 양 귓불에서 불이 일더니 가슴이 콩닥콩닥 뛰기 시작했다. 이런 나 자신이 너무 황당해서 말까지 더듬었다.

"아…… 안녕!"

"안녕!"

채강이가 싱긋 웃으며 안고 있던 커다란 분홍색 곰돌이 인형을 내밀었다.

"이게 뭐야?"

나는 일부러 감정을 걸러 낸 목소리로 물었다.

"선물……."

채강이가 어색한 표정을 감추느라 발끝으로 땅바닥을 그으며 말했다.

"예쁘네."

"미안해, 하연아. 우리, 계속 사귀는 거지?"

내가 미처 대답하기도 전에 채강이가 내 어깨를 감싸안았다. 이런, 바보야, 똑똑하게 말해. 집에서 생각했던 말 있잖아. 임채강, 너 이제부터 나한테 함부로 대하지 마. 그리고 어쩌다 실수 한 번 했다고 나를 쉽게 생각하면 죽인다! 마음속에서는 말들이 끓어 넘치는데 왜 이렇게 입이 안 떨어지는지 모르겠다.

"하연아……."

채강이가 나를 불러 놓고는 아무 말도 하지 못했다. 채강아, 지금 우리에겐 말이 필요한 것 같지 않아. 그냥 가만히 있자. 나도 조금 전까지만 해도 너한테 할 말이 많았는데 지금은 시냇물에 싹 씻겨 내려간 듯 마음이 고요하고 평화로워. 그냥, 언제까지나 이렇게 조심스럽고 말간 너의 숨소리만 듣고 싶어.

"하연아, 나 정말 너 좋아해. 후회도 많이 했지만……. 너하고 끝까지 가면…… 암튼 우리 끝까지 가자."

채강이의 머뭇거리는 말소리에 어떤 향기가 느껴졌다. 남자애한테서 느낄 수 있는 부드러운 향기. 아, 언제까지나 이렇게 함께 있을 수만 있다면……. 나는 두 팔로 슬그머니 채강이의 허리를 안았다. 채강이도 내 어깨를 힘껏 안았다. 가슴속에서 피어오르는 싸한 향기가 온몸으로 퍼져 나가는 것을 느끼며 우린 오래도록 그렇게 앉아 있었다.

5

 어느 장단에 춤을 춰야 하나? 내신과 모의고사는 시험 유형이 달라서 어디에 맞춰서 공부해야 할지 모르겠다. 내신 점수를 올리려면 교과서를 달달 외워야 하고, 모의고사를 잘 보려면 문제집만 죽어라 풀어야 하니 정신이 없다. 내신을 위해 교과서를 붙잡고 있다가 모의고사를 위해 문제지 풀다가……. 이렇게 공부만 하며 삼 년을 살아야 한다고 생각하니 까마득하다. 중간고사, 기말고사에다 한 달에 한 번꼴로 보는 모의고사. 정말 고딩은 시험 기계다.
 오늘은 토요일인데도 곧장 집에 돌아와 꼬리뼈가 아프도록 컴퓨터 앞에 앉아서 인터넷 강의를 들었다. 오늘 저녁에 애들하고 만나서 놀기로 했기 때문에 숙제도 해 두어야 한다. 오늘 국어 선생님이 말한 것처럼 시간은 인간에게 구원인지, 멸망인지? 미하엘

엔데가 쓴 『모모』처럼 그렇게 시간에서 해방되어 살 순 정말 없을까? 저녁 6시, 숙제까지 가뿐하게 끝냈으니 이제 애들을 만나서 돌아다니며 재미있게 노는 거다. 기분 좋게 책상에서 일어나 씻으러 나가는데 현관 벨이 울렸다.

"또 술 마셨어?"

"응, 한잔했어."

"뭐야? 또 술 마시고 운전하고 왔어?"

아빠는 요즘 차를 가지고 일하러 다닌다. 이번 일을 맡은 공사장이 신개발 도시에 있어서 교통이 불편하다는 아빠의 말에 엄마가 하는 수 없이 자동차 키를 내주었다.

"딱 한 잔이야. 아빠 술 안 취했어."

"딱 한 잔이 뭐야? 술 냄새가 풀풀 나는데. 정말 내가 못 살아! 엄마가 알면 또 뒤로 넘어가겠다."

"엄마 가게에서 아직 안 왔어?"

"아침에 외할머니 무릎 수술 하는 데 간다고 했잖아."

"아, 그랬나?"

"나, 친구들하고 약속 있어서 나가."

"알았어."

나는 진아와 성은, 미혜를 만나서 버스를 타고 시내로 나갔다.

화장품 가게에 들러서 팩도 사고 매니큐어도 하나 샀다. 그러고는 액세서리 가게에 가서 귀고리와 목걸이를 걸어 보고 있는데 진아가 내 눈앞에 핸드폰을 내밀었다.

─하연이 어디 있는지 알면 빨리 집으로 가라고 해 줘.

우리 앞집에 살고 있는 진아의 이모가 보낸 문자였다. 진아가 문자를 보냈다.

─왜?
─하연 아빠가 술에 취해서 지금 난리야.

이상하다! 오늘은 그렇게 난리를 피울 정도로 취하지 않았는데……. 엄마한테 전화했지만 핸드폰이 꺼져 있었다.
"아, 짜증 나! 진아야, 나 집에 가 봐야겠어."
나는 애들과 헤어지고는 툴툴거리며 집으로 왔다. 진아 이모는 왜 하필이면 우리 앞집에 살고 있는지, 창피해 미치겠다. 엘리베이터에서 내리니 계단에 위아래 집 사람들이 힐끗 내다보며 서 있고 경비 아저씨가 아빠를 끌어당기고 있었다.

"이봐요, 정신 차려요. 아저씨, 공동주택에서 이러면 안 되죠."

정말 기가 막혔다. 아빠가 허리띠 풀어진 바지를 엉덩이에 걸치고는 고래고래 소리를 지르고 있었다. 내 눈길이 진아 이모와 마주쳤다. 진아 이모가 얼른 현관문을 닫았다.

"왜 그래요. 무슨 구경났어요? 왜 남의 집을 힐끗거리고 난리야!"

나도 모르게 악에 받쳐서 소리를 질렀다. 나는 아빠 손을 끌고 집 안으로 들어왔다. 거실에는 텔레비전 볼륨이 한껏 높여져 있고 소주병이 두 개나 뒹굴고 있었다.

"아유, 징그러워 죽겠어. 혼자서 또 술 마셨구나!"

"인마, 네가 자존심 상하게 그러면 안 되지…… 줄을 타는데…… 그러면…… 무시하는……."

혀가 꼬부라져서 말도 제대로 못하면서 소리를 질러 대는 모습을 보니 걸레로 입을 틀어막고 싶었다. 그러나 엄마도 없는데 우선 이 위기를 넘겨야 한다. 나는 치솟는 화를 누르며 아빠를 살살 달랬다.

"아빠, 그만 자. 응?"

사람이 술을 마시면 왜 눈동자가 허옇게 뒤집어지는지 모르겠다. 우리 아빠지만 그 허옇게 뒤집힌 눈동자로 희번덕거리면 소름이 쫙 끼친다. 이럴 땐 정말 우리 아빠가 맞나 싶도록 미웠다. 이런 내 마음도 모르고 아빠가 또 벌떡 일어나더니 눈을 희번덕거리며 두 팔을 휘저었다. 기껏 팔을 끌어당겨 앉혀 놓아도 막무가내로 소리를 지르며 일어섰다. 앉혀 놓으면 또 일어나고, 또 일어나고……. 정말 야속하고 약이 올라 미칠 것 같았다.

"자란 말이야. 왜 자꾸 그래."

나는 있는 힘을 다해 아빠 팔에 탱탱 매달렸다. 그러나 워낙 힘이 세서 아빠를 당할 수가 없었다. 나도 모르게 살이 부르르 떨렸다. 아빠를 벽 쪽으로 힘껏 밀었다.

"어이쿠!"

아빠가 벽에 머리를 찧었는지 손으로 머리를 감싸고 그 자리에 쓰러졌다. 나는 그 순간 이성을 잃고 달려들어 부들부들 떨리는 손으로 아빠 머리를 벽에다 찧었다.

"죽어, 죽어……."

"아니, 이놈의 계집애가 이게 무슨 짓이야!"

엄마 목소리였다.

"가만둬. 나 오늘 이 인간 죽여 버리고 말 거야."

나는 악을 쓰며 벌떡 일어났다.

"너, 미쳤구나."

엄마가 내 머리를 후려쳤다.

"그래, 나 미쳤어. 미쳤다고!"

엄마가 더듬거리며 아빠 머리를 만져 보았다.

"이런, 피가!"

엄마가 돌아서더니 내 머리채를 휘어잡았다.

"이 나쁜 년! 아무리 그래도 아빠를 이 지경으로 만들어! 꼴도 보기 싫어. 당장 나가!"

엄마 눈동자가 불꽃처럼 이글거렸다.

"그래, 알았어. 나가 줄게. 이런 집구석에서 나도 살기 싫어. 창피해서도 못 살겠어. 진아 이모가 연락했어. 동네 사람들이 다 구경했다고!"

나는 그 길로 집을 뛰쳐나왔다. 어두운 길거리를 걸어가는데 엘리베이터를 타고 아파트 옥상으로 올라가 그냥 뛰어내릴걸 하는 생각이 들었다. 이왕이면 우리 집이 있는 동으로 올라가서 보란 듯이 뛰어내리자. 집 쪽을 향해 돌아서는데 진아가 내 이름을 부르며 뛰어왔다.

"하연아, 괜찮아?"

"응, 진아야 너, 돈 있으면 좀 빌려줄래?"

나도 모르게 돈 이야기가 툭 튀어나왔다. 옥상에서 떨어져 죽으려던 마음이 갑자기 싹 바뀌었다. 그래, 내가 왜 죽어. 악착같이 살아서 아빠가 우리에게 얼마나 고통을 주었는지 똑똑히 알게 해 줘야지.

"돈? 얼마나?"

"삼만 원만."

"삼만 원은 안 될 텐데, 잠깐만."

진아가 지갑에서 돈을 꺼냈다.

"이만 삼천 원인데."

진아가 돈을 내밀었다.

"고마워!"

돈을 받아 들고 돌아서는데 눈물이 찔끔 났다. 나는 눈물을 보이지 않으려고 뛰었다. 진아의 목소리가 등 뒤를 쫓아왔다.

"하연아, 어디 가? 같이 가 줄까?"

"됐어."

이제 죽어도 집에는 들어가지 않을 거다. 술 먹고 게걸대는 인간과 그 인간을 감싸고도는 바보 같은 여자가 있는 집은 이제 신물이 난다. 난 그래도 열심히 공부하면서 내 꿈을 이룰 때까진 참고 살려고 했다. 수연 언니 말이 맞다. 엄마 아빠, 오늘 보니 정말 그 나물에 그 밥이다. 이건 완전히 배신이다. 아빠가 어떻게 하는지 뻔히 알면서도 오히려 나만 나쁘고 이상한 애로 몰다니. 엄마의 그 눈길이 생각만 해도 섬뜩하다. 분명, 언니도 이런 배신감 때문에 집을 나갔을 거다. 원망과 울분에 싸여 눈물을 찔끔거리며 자꾸만 걸었다. 이젠 길거리에 지나다니는 사람도 별로 없다. 밤은 점점 깊어 가는데 어디로 가야 하나? 이대로 길에서 밤을 새울 수는 없잖아. 노숙자! 텔레비전에서 봤던 비참한 모습들이 검측한 영상으로 떠올랐다. 무섭다. 처절한 속도로 달려가는 자동차들의 불빛이, 불 꺼진 쇼윈도 속에서 튀어나올 것 같은 그림자들이. 사이코패스, 강도, 성폭행, 인신매매, 살인……. 머릿속에서 한꺼번에 떠오르는 공포의 단어들……. 돌아서서 정신없이 뛰었다. 집에 가자. 낯익은 우리 동네에 들어서자 다리에 힘이 풀렸다. 터덜터덜 걸어서 우리 아파트 앞까지 왔다. 손가락으로 1층부터 세었다. 14층 5호, 베란다 창문에 불빛이 환하다. 나를 기다리고 있는 걸까? 가슴이 쿵쾅쿵쾅 울리면서 목구멍으로 서러움이 치받쳤다. 아니야, 이대로 다시 집에 들어가면 안 돼! 그럼, 엄마 아빠 꼴을 지겹게 또 보고 살아야 하잖아. 정말 정하연 인생, 개 같다! 어금니를 깨물며 돌아서는데 눈물 한 방울이 손등으로 툭 떨어졌다.

집 가까이에 있는 찜질방에 갔다. 매표소 아주머니가 퉁퉁 부은 내 눈을 보더니 한마디 했다.

"그래, 이 시간에 혼자서 돌아다니는 것보다는 그래도 여기가 낫지."

야밤에 미성년자는 출입이 금지되어 있는 것을 두고 하는 말인 것 같았다. 찜질방에서 앞으로 일어날 일들을 생각했다. 당장 내일 학교에 가야 하는데 큰일이다. 야, 지금 학교가 문제냐? 그럼, 학교가 문제지. 집구석이 만날 저런데 학교는 무슨……. 그럼, 그렇다고 언니처럼 살래? 못 살 것도 없지 뭐. 아, 몰라 몰라. 골치 아픈 생각은 일단 접자. 눈알이 빠질 것 같고 머리가 깨질 것 같다. 일단 자자. 자고 나면 어떻게 되겠지.

뱅글뱅글 돌아가는 생각들을 겨우 뭉뚱그려 머릿속에 쑤셔 넣고 잠에 빠져들었는가 싶었는데, 아뿔싸! 눈을 뜨니 아침 9시가 넘었다. 벌써 수업은 시작되었다. 화가 났다. 정하연, 너 이렇게 막 나가는 애였니? 꼴좋다! 그래, 될 대로 된 기분이 어떠니? 뭘, 어쩌라고? 나도 나름 노력했어. 그런데 세상이 날 안 받쳐 주는 걸 어떡하라고? 채강이에게 전화할까? 에이, 지금 학교에 있는데. 진아도 마찬가지고. 그리고 그 애들에게 말하기엔 너무 부끄러운 일이다. 찜질방 컴퓨터로 내 사정을 알아줄 만한 아이들을 찾았다. 페메 애들 중에 김선영이 눈에 들어왔다. 중학교 3학년 때 내 짝이었던 김선영. 학교에서 노는 애로 통했던 아이다. 붉은 탈색 머리를 하고 다녔던 키가 큰 아이. 그때 우리 반 아이 대부분은 선영이에게 경멸과 두려움이 섞인 시선을 보냈지만 난 그럭저럭 선영이와 잘 지냈고 요즘도 가끔 서로에게 글을 남기는 사이다. 선영이에게 전화했다.

"어, 정하연, 웬일이야?"

"그냥."

"목소리 보니까, 그냥이 아닌 것 같은데?"

"선영아, 나 가출했어. 지금 여기가······."

역시 선영이의 의리는 끝내줬다. 내 사정을 듣고는 학교가 끝나자마자 달려왔다. 선영이와 함께 시내로 나갔다. 선영이가 친구 두 명을 더 불러냈다. 그 아이들은 선영이하고 자주 어울리는 애들인데 학교는 이미 때려치운 상태였다. 나는 그 아이들과 어울려 하릴없이 여기저기 기웃거리며 돌아다녔다. 그러나 말할 수 없는 불안이 쥐새끼처럼 자꾸만 속을 갉작대서 돌아 버릴 것 같았다. 나는 일부러 더 큰 소리로 아이들과 떠들어 대며 밤새워 피시방에서 채팅하고 아침이면 찜질방으로 옮겨 다니며 잤다. 그렇게 이틀을 지내고 나니 생각이 둔해지면서 차츰 자포자기하게 되었다. 그래, 걱정과 근심도 될 대로 되라. 사흘째 되던 날도 애들과 돌아다니다가 피시방에 갔다. 그런데 재수 없게 자정이 넘자마자 미성년자를 단속하러 온 경찰들한테 걸리고 말았다. 나는 경찰관이 추궁하자 겁나서 엉겁결에 엄마 전화번호를 말해 버렸다. 곧이어 엄마 아빠가 데리러 왔고 나는 찍소리 못 하고 엄마 손에 붙잡혀 집으로 끌려오고 말았다.

"너, 그동안 어디로 돌아다녔어? 이게 벌써 부모 무시하고 제멋대로야. 큰 년이 그러더니 이제는 작은 것까지. 내가 저런 것들을 키워서 무슨 부귀영화를 누리겠다고……. 아무리 참고 살려고 해도……."

"참고 살지 마. 다 버리면 되잖아!"

"저놈의 계집애, 주둥아릴 그냥……."

내가 악을 쓰며 쏘아붙이자 엄마가 주먹을 치켜들며 소리쳤다.

"그만해."

아빠가 남의 일처럼 한마디 하고는 안방으로 들어갔다. 나는 눈물이 그렁그렁한 눈으로 안방 문을 노려보았다. 정말 저 뻔뻔함은 알아줘야 한다. 이 모든 일들을 불거지게 만든 사람이 누군데……. 그럼, 정하연, 넌 뭐냐? 네가 아빠한테 한 행동은? 그래도 먼저 원인을 제공한 게 아빠잖아……. 그리고 가출했던 딸이 돌아왔으면 붙잡고 뭐라고 말이라도 해야 하는 거 아니야?

"남편이란 인간은 하루가 멀다 하고 술에 절어 살고, 멀쩡히 키워 놓은 딸년들은 부모를 못 잡아먹어서 생지랄이고……. 남편 복 없는 년이 무슨 자식 덕을 보겠다고, 저런 애물단지들을……."

엄마가 코를 팽팽 풀며 끝없이 넋두리를 늘어놓았다.

"시끄러워. 그만 좀 해."

"이놈의 계집애가 뭘 잘했다고 큰소리야 큰소리가! 너 말해 봐. 앞으로도 그렇게 돌아다닐래?"

엄마가 내 옷을 잡고 흔들며 손으로 마구 내려쳤다.

"아이 씨, 왜 때려? 이거 놔!"

나는 엄마를 밀어내고 방으로 들어갔다. 언제나 정신없이 흩트러져 있던 내 방이 깨끗하게 정리되어 있었다. 엄마가 청소를 한 것 같았다. 갑자기 엉망진창이 된 내 몸과 마음이 불결하다는 생각이 들면서 눈물이 핑 돌고 모든 게 미치도록 원망스러웠다. 문득 선영이가 준 담배가 생각났다. 주머니에서 담배를 꺼내 불을 붙였다. 한 모금 빨자 목구멍이 매캐해지면서 기침이 났다. 그러나 꾹 참고 담배를 연신 빨고 연기를 내뿜었다. 연기가 방 안에 차오르면서 부드럽게 내 몸을 어루만지는 것 같더니 마음이 좀 편안해지는 것 같았다. 야, 담배 한 개비가 날 위로하네. 나는 매캐한 연기 속에서 그대로 곯아떨어졌다.

아침이다. 배가 고파서 눈을 떴다. 나와서 현관에 놓인 신발을 보니 아빠는 일하러 나간 것 같은데 엄마는 아직 가게에 나가지 않은 것 같았다. 혼자서 밥을 찾아 먹자니 괜히 멋쩍은 생각이 들어서 다시 방에 들어와 엄마가 나갈 때를 기다렸다. 그러나 엄마는 가게에 나가지 않을 모양인지 안방에서는 기척이 없다. 나는 견디다 못해 밥을 찾아 먹었다. 밥을 먹으면서도 안방에 신경을 썼지만 그저 조용할 뿐이었다. 점심때도 마찬가지다. 엄만, 배도 안 고픈가? 안방 문을 열어 보고 싶었다. 그러나 차마 그러지 못하고 돌아섰다. 이런 게 바로 냉전 상태다. 나는 내 방에서, 엄마는 안방에서 서로 신경전을 벌였다. 저녁때가 되자 주방에서 소리가 나는 것을 보니 엄마가 저녁을 하는 것 같았다. 그러나 엄마는 밥을 먹었는지 어쨌는지 밥만 해 놓고 다시 안방으로 들어갔다. 내가 밥을 먹고 난 후, 아빠가 돌아와서 혼자 밥 먹는 소리가 났다. 세상에 태어나 이렇게 긴 하루를 보낸 적은 없었다.

다음 날 아침, 엄마가 일찍 아침을 차려 놓고 나를 깨웠다.

"너, 학교 안 갈 거야?"

엄마 얼굴이 마른 나뭇잎처럼 푸석푸석하게 보였다.

"안 가. 쪽팔려서 어떻게 가."

"쪽팔리긴 뭐가 쪽팔려. 그래, 쪽팔린다고 해도 학교는 가야 할 거 아냐? 너도 수연이처럼 학교 때려치우고 미용실에 가서 보조나

할래?"

"누가 언니처럼 된대. 나, 전학시켜 줘."

"전학을 가도 일단은 학교에 가야 하잖아."

난, 정말 언니처럼 되기는 싫다. 언니는 지금 학교에 다녔으면 고3이다. 그런데 지난해 학교를 때려치우고, 지금 미용실에서 보조로 일하고 있다. 언니는 어릴 때부터 날 엄청 괴롭혔다. 엄마 아빠가 나를 더 좋아한다고, 내가 자기보다 공부를 잘한다고 심통을 부리며 틈만 나면 때렸다. 오죽했으면 엄마가 언니하고 나하고 둘이 집에 놔두면 불안해서 못 견딘다고 했을까? 난 학교를 자퇴할 생각은 눈곱만큼도 없다. 아나운서가 되려는 내 꿈을 이루기 위해서라도.

나는 못 이기는 척 엄마 손에 이끌려 학교에 갔다. 교장실에서 교장 선생님의 긴 훈시를 들었다. 그런데 끝없이 이어지는 훈시를 듣고 있으니 슬그머니 오기가 생겼다. 내가 남한테, 아니 학교에 피해를 준 것도 아닌데 굳이 전학을 갈 필요가 있을까?

"교장 선생님, 저 수업 시간 다 됐는데 교실로 가도 되죠?"

나는 대답을 기다리지도 않고 발딱 일어났다. 눈이 둥그레져서 쳐다보는 교장 선생님과 엄마를 뒤로하고 발걸음도 씩씩하게 교실로 향했다.

"하연아, 얼마나 걱정했다고!"

교실에 들어서니 진아가 활짝 웃으며 달려와 나를 끌어안았다.

"너 정말 가출했었어?"

"어디에 갔었니?"

"아, 나도 가출하고 싶다!"

아이들이 내 주위로 몰려와 가출에 대한 궁금증을 해결하려고 눈을 반짝거리며 물었다.

"야, 맨입으로 내 가출 일기를 공개하라고?"

내가 대답하고 책상에 엎드리자 아이들이 내 등을 손바닥으로 두드리며 장난으로 한마디씩 했다.

"뭐야, 정하연. 치사하게 혼자 가출하다니."

"야, 이 배신자야, 다음엔 나도 끼워 주라. 응!"

역시 친구들이 좋다. 이렇게 만나니 금세 모든 게 다 제자리로 돌아왔다. 하긴, 나 정하연 평소에 인간성 하나는 끝내주니까.

6

 단 사흘이었지만 가출의 후유증이 컸다. 집에서는 아직도 부녀간에 툭 터놓고 용서하고 용서받지 못한 어정쩡한 감정 때문에 서먹했고, 학교에서는 수업 시간에 은근히 나를 겨냥하는 듯한 선생님들의 말에 내 예민한 감각들이 바르르 떨렸다. 그러나 곧 기말고사다. 이미 시험 범위와 날짜는 다 나왔다. 나는 칠판 위에 걸린 급훈을 올려다보았다.

네 성적에 잠이 오냐?

 그래, 성적을 올리는 방법은 잠 안 자고 공부하는 것밖에 없다. 새벽에 나가 야자까지 하면 오밤중인데 그 시간에도 과외방으로 직행해서 새벽 2, 3시까지 공부하는 애들이 수두룩하다. 그런데도 난 집에 오자마자 쓰러져 잔다. 진아는 성적이 안 되면 동해 바닷가에 있는 전문대학 오징어 심리학과에 가면 된다고 농담하지만 학교에 와서 시간마다 퍼져 자는 걸 보면 밤늦게까지 공부하는 게 틀림없다.

요즘 채강이가 무척 고생한다. 학원 끝나고 밤늦은 시간에도 내가 좋아하는 도넛과 초콜릿을 가지고 뛰어와서 손에 쥐어 주는가 하면, 엊그제는 예쁜 솔방울 모양의 손 지압 봉을 주고 "정하연 파이팅!"을 외치고 돌아갔다. 밤늦게 혼자 공부하다가 엘리베이터를 타고 내려가 채강이가 내미는 선물을 받으면 기분이 좋다.

"야, 너 학원 자꾸 땡땡이치고 이런 거 사러 다니면 안 돼. 기말고사가 얼마 안 남았는데."

"괜찮아. 잠깐인데, 뭐."

임채강, 정말 괜찮은 녀석이다. 녀석의 넘치는 정성으로 삐딱하게 나갔던 내 마음이 많이 부드러워진 느낌이 든다. 이제부터는 열심히 공부만 하자. 지난번 가출로 담임을 비롯하여 몇몇 선생님들한테도 찍혔는데 이번 시험으로 확실하게 이미지를 바꾸어 놓자. 학교에서 착한 애는 공부 잘하는 애니까. 시험 성적만 잘 나오면 된다. 지난번 가출 사건 때문인지, 요즘은 아빠도 술을 많이 마시지 않고 좀 잠잠한 편이다. 하긴, 엊그제도 소주 딱 한 잔 마셨다고 했지만 술 냄새를 풀풀 풍기며 운전하고 와서 엄마한테 엄청 잔소리를 듣긴 했다. 이런 현상을 소강상태라고 봐야 하나 아님, 폭풍 전야의 정적이라고 봐야 하나. 어쨌든 아빠가 이대로 정신을 차린다면 얼마나 좋을까?

나는 진아와 찍은 스티커 사진을 책상 유리에 붙였다. 노랑 파랑 모자를 뒤집어쓰고 활짝 웃고 있는 우리 둘의 모습이 꽤 예쁘다. 그래, 이번에는 진아를 꼭 이기고 말 테다. 이번 기말고사마저 밀린다면 난 어쩌면 나 자신에게 실망하여 포기할지도 모른다. 그리고 무엇보다 두려운 건 사악한 내 마음이 열등감에 사로잡혀 진아를 정말 미워할 수도 있다는 것이다. 거금을 주고 인터넷으로 듣는 기말고사 집중 정리 강의를 신청했다. 야자를 마치고 집에 돌아와서도 이를 악물고 공부에 매달렸다. 그런데 과목마다 쏟아지는 수행 평가가 장난이 아니다. 왜 선생님들은 한꺼번에 수행 평가를 내 주는지 모르겠다. 기말 성적에 수행 평가 점수가 합산되니 이것도 만만치 않다.

"엄마, 나 수행 평가 좀 도와줘."

거실에서 연속극을 보고 있는 엄마한테 과제물을 내밀었다.

"뭔데?"

"음, 미술 포스터 그리기인데 내가 시키는 대로 색칠만 하면 돼."
"에이, 못 해. 엄마가 뭘 알아야…… 어떻게……."

내가 억지로 떠맡기자 처음에는 어색해하더니 나중에 보니 꼼꼼하게 잘해 주었다. 한 과목은 끝냈고, 다른 과목들은 인터넷에서 찾아 표 나지 않게 대충 짜깁기를 해서 냈는데 대부분 괜찮은 점수를 받았다.

"뭐야, 수행 평가 점수, 성적순으로 주는 거 아니야? 다 같이 인터넷에서 베껴 왔는데 누군 A고, 누군 C냐고?"

수행 평가 점수를 받은 아이들이 불평을 늘어놓았다. 양심에 좀 찔렸다. 그러나 난, 드디어 기말고사에서 진아를 이겼다. 그런데 찜찜한 건 총점에서는 내가 진아를 앞섰지만 주요 과목에서는 진아가 더 잘했다는 거다. 이제부터 더 열심히 공부해서 주요 과목에서도 진아를 따라잡고야 말겠다. 진아야, 사랑해. 난 진아와 찍은 스티커 사진을 한참 들여다보았다.

— 채강, 만나자.

채강이에게 먼저 문자를 보냈다. 이번 기말고사 성적이 오른 건 채강이 덕분이다. 그동안 채강이의 야밤 위문이 없었다면 혼자서 퍽 외로웠을 거다. 이래서 남자 친구가 좋은 거다.

─ 땡큐! 중앙공원으로 와.

오랜만에 공원에 나와 보니 나뭇잎이 무성했다. 바람에 날아온 달콤씁쓸한 라일락 향기가 코끝에 진동했다.
"시험 잘 봤어?"
내 물음에 채강이가 빙긋 웃으며 대답했다.
"지난번보다는 좀 올랐어."
"잘했네."
녀석, 내게도 물어봐야지. 그럼 진아를 이겼다고 자랑을 좀 할 텐데. 입이 간질거렸지만 그렇다고 묻지도 않는 말을 꺼낼 수도 없고. 하긴, 자기 여친이 공부를 좀 하면 부담이 될 거다. 우린 나란히 의자에 앉았다. 채강이가 이어폰을 귀에 꽂은 채 흘러나오는 음악의 리듬에 맞추어 고개를 흔들었다. 나는 이어폰 한쪽을 뽑아서 내 귀에 꽂았다.

난- 두렵지- 않아-- 라만차의 돈키호테-
나만의- 이유로- 살아가니까--

풍차의- 거친 바람도- 날- 막지 못해-
라만차의 돈키호테-
힘차게 달려가자- 저- 세상을 향해-

 돈키호테의 늙은 말 로시난테가 노래 속에서 신나게 달렸다. 이 세상에 음악이 없다면 얼마나 삭막할까? 공부하면서도 이어폰을 귀에 꽂고 노래를 흥얼거리면 스트레스가 덜 쌓이고, 스트레스가 쌓여도 애들하고 노래방에 가서 노래를 실컷 부르고 나면 속이 후련하다. 노래하면서 화내는 사람 없고 노래하면서 싸우는 사람도 없다. 노래는 인간이 누릴 수 있는 최고의 즐거움이다. 그런데 우리는 맘껏 소리 높여 노래할 여유가 없다. 어쩌다 수련회에 가거나 노래방에 가서 잠깐 부르는 것 외엔.
 "야, 넓은 공원인데 큰 소리로 불러 봐."
 "그럼, 너도 불러 봐."
 "알았어. 같이 부르자."
 우리는 손을 잡고 목소리를 높여 노래를 불렀다. 아아아……내 몸의 세포들이 아우성을 치며 날아오를 것만 같다. 그……런…… 데, 그때 문득 생리가 없다는 생각이 떠올랐다. 생리가 없다……. 나는 황급히 올렸던 팔을 내리고 고개를 들었다. 채강이를 빤히 바라보았다.

"하연아, 왜 그래?"

채강이가 나를 보고 물었다. 갑자기 감전된 듯 몸서리가 쳐졌다. 소름이 끼쳤다. 그래, 그동안 짬짬이 걱정되긴 했지만 기말고사 때문에 신경을 쓸 수 없었다. 만약 임신이라도 되었다면? 아니다. 그 일이 있고 얼마 후, 생리가 한 번 있었다. 생리가 있었는데도 임신이 될까? 임신이 되었다면 벌써 넉 달이 넘었다. 나도 모르게 그 자리에서 벌떡 일어났다.

"왜 그래?"

채강이가 놀란 눈빛으로 물었다. 아니야, 그럴 리가 없어. 갑자기 마음이 급해졌다. 채강이가 당황한 표정으로 눈을 크게 뜨고 나를 바라보았다.

"채강아, 우리 그만 가자. 갑자기 뭘 좀 알아볼 게 있어서. 미안해!"

채강이가 의아한 표정으로 일어나 걸음을 옮기는 내 손을 꼭 잡고 따라 걸었다. 아, 지금 내 기분은 저 컴컴한 하늘만큼이나 암울하다. 이런 내 기분을 채강이에게 말하지 못하는 건 왜일까?

집에 와서 곧장 인터넷에 검색했다.

> 환경의 변화를 겪거나 지나치게 신경을 쓰는 일이 있으면 자율신경이 자극을 받아 뇌하수체의 내분비 기능의 이상으로 생리가 지연될 수 있다.

그럴까? 그럴 거다. 내가 너무 신경을 써서 생리가 없는 거다. 좀 더 기다려 보자. 그런데 이상한 것은 요즘 들어 가끔 가슴이 아픈 듯이 부풀어 오를 때가 있다는 것이다. 티셔츠를 걷어 올리고 내려다보았다. 젖꼭지 색깔이 무척 검게 보인다. 배를 만져 보았다. 배는 그대로인 것 같기도 하고 부풀어 오른 것 같기도 하고……. 그날 밤, 짧은 순간이었지만 찢어지는 통증과 그리고 그 느낌은…….

> 사람은 생각이 온몸의 감각을 지배하고 있기 때문에 임신에 대한 생각을 많이 하면 상상 임신을 할 수도 있다.

그럼 내가 상상 임신이라도 한 것일까? 그런데 다시 읽어 보니 임신하고 싶어서 집착하는 사람들이 상상 임신을 하게 된다고 했다. 이건 아닌 것 같다. 난 임신하고 싶은 게 아니라 임신했을까 봐 겁이 나니까. 이제 기말고사도 끝났으니 곧 신호가 올 것이다. 간만에 시간을 내서 만나자고 해 놓고선 괜한 걱정으로 놀지도 못하고……. 오늘 저녁 채강이한테 미안하다. 그런데 채강이의 살결이 닿으면 인생, 깔끔하게 살자라는 생각이, 정하연의 똑똑한 이성이 왜 삽시간에 무너지는 걸까? 내 생각을 내가 제어할 수 없고, 내 몸을 내가 말릴 수 없는 그 순간을 어떻게 해야 하나?

다음 날 학교에 갈 때 주머니에다 생리대를 챙겨서 가방에 넣었다. 오늘 아니면 내일이겠지. 그런데 신경을 쓰지 않으려고 해도 자꾸 다리 사이에 예민하게 신경이 갔다. 수업 시간에도 갑자기 아랫도리가 축축해지는 느낌이 들면서 가슴에 환한 빛이 비치는 것 같았다.
"선생님, 저 화장실에……."
완벽한 연기를 위해 오만상을 지으며 화장실로 뛰었다. 그러나 아니다. 한숨이 푹 나오고 다리가 휘청했다. 어떡하지? 교실로 돌아오는데 눈앞이 아득했다.
집에 와서도, 내 신경은 오직 한곳으로 집중되었다. 잠을 자다가도 벌떡 일어나 팬티를 내려 보았다. 그러나 번번이 실망했다. 길을 걷다가도, 사람들과 이야기를 하다가도 틀림없다는 생각은 거의 확신에 가까웠다. 오늘 야자 시간에만 해도 화장실을 몇 번이

나 들락거렸다.

"야, 정하연. 너 벌써 몇 번째야."

내가 일어서서 앞으로 나가자 과학 선생이 뱀눈으로 노려보았다. 나는 꿋꿋하게 자리에서 일어났다. 야자 시간에 화장실을 자주 들락거리면 눈총과 핀잔을 받지만 그깟 눈총 따위 수천수백 번을 받아도 화장실에서 내 고민이 해결된 것을 확인할 수 있다면 얼마든지 괜찮다. 그러나 이런 옹골찬 확신이 번번이 실망으로 끝나고 말았다.

한 달에 한 번 생리를 치러 낼 때 얼마나 짜증을 냈나? 그러나 이렇게 마냥 기다릴 수는 없다. 어떻게 해야 할까? 누구하고 의논해야 할까? 엄마, 진아, 채강이……. 진아에게 이야기하는 건 부끄럽고, 채강이한테는 아직 확실한 것도 아닌데 섣불리 말할 수는 없다. 엄마? 이해해 줄까? 아, 정말 답답하다. 정하연, 인생 제대로 산 거 맞아? 고민을 얘기할 친구 하나 없다니.

인터넷에다 글을 써서 올렸다. 답글이 올라왔다. 약국에서 임신 진단 테스트기를 사다가 일단 검사를 해 보란다. 아니면, 가까운 산부인과를 찾아가라고 했다. 다음 날 우리 동네에서 멀리 떨어져 있는 약국에 갔다.

"저 임신 진단 테스트 하는 거 주세요."

늙은 약사는 시약지를 찾아 들고 다가오면서 내 얼굴을 빤히 보았다. 아니, 약사가 나를 바라보는 게 아니다. 나 스스로가 이것은 내게 필요한 것이 아니고, 심부름으로 왔노라고 약사에게 거짓말하고 싶어 고개를 빳빳이 들고 있었다. 그러나 강한 부정은 긍정의 한 방법인 것을 약사는 이미 알고 있는 듯했다. 내가 건넨 돈을 받아 들고 돌아서는 약사의 입꼬리가 살짝 위로 올라가는 것처럼 보였다.

집에 돌아와서 문을 단단히 걸었다. 화장실 변기에 앉아 설명서를 꼼꼼하게 읽었다. 진단 시약지를 꺼내 흐르는 오줌에 조심스레 갖다 대었다. 가슴이 쿵쾅거리고 손이 떨렸다. 누가 위에서 나를 내려다보는 것 같아서 천장을 올려다보았다. 제발 날 좀 살려 줘! 난 아니란 말이야. 그러나 아, 선명하게 보이는 선! 보고 또 보아도 분명했다. 설명서를 다시 읽었다. 가운데 부분에 선명하게 색이 나타나면 임신이라고 쓰여 있었다. 분명했다. 난 임신했다. 급히 안방으로 들어가 여성백과사전을 뽑아 들었다. '임신, 출산, 육아' 편을 펼쳤다.

〈임신 4개월 — 태아가 움직이기 시작하고 손이 발달하여 손으로 탯줄을 만지거나 무릎을 만지기도 한다.〉

지금 내 뱃속에서 열 개의 손가락이 움직이고 있다고? 말도 안 돼! 갑자기 목구멍에서 꺽꺽 구역질이 올라왔다.

"말도 안 돼. 징그러워…… 징그러워, 정말 징그러워!"

나는 옷을 걷어 올리고 주먹으로 배를 마구 쳤다.

"징그러운 것아, 없어져라. 없어지란 말이야! 난 이제 어떡하라고!"

채강이 녀석에 대한 분노가 끓어올랐다. 이 바보 같은 새끼야, 너 때문에 지금 내가 엉망진창이 되어 버렸단 말이야. 나쁜 놈아! 용서하지 않을 거야.

"흐윽 흐…… 윽, 나쁜 놈!"

귀신 같은 울음이 목구멍에서 터져 나왔다. 핸드폰을 찾아 들었다. 정하연, 진정해라. 채강이에게 전화해서 소리친다고 될 일이 아니야. 정신을 차리고 냉정하게 생각하자. 지금 이 뱃속에 있는 건 징그러운 이물질이다. 병원에 가서 암 덩어리를 떼어 내듯 깨끗하게 없애 버리면 된다. 그래, 만나서 이야기하자. 떨지 말고 차분하게. 그러나 어떻게 병원에 가서…… 그게 쉬운 일이니? 생각만 해도 무섭다.

ㅡ나 할 말 있는데 만나자.

채강이에게 문자를 보냈다.

― 알았어. 학원 마치고 놀이터로 갈게.

어둠 속에 우두커니 서서 채강이를 기다렸다. 바람에 흔들리는 나뭇잎 소리도 신경에 거슬렸다. 오늘 밤은 저 하늘마저 밑으로 축 처져 있다. 저 검은 하늘이 왕창 쏟아져 내려 그 밑에 납작 깔려 버렸으면 좋겠다. 불행은 어느 날 갑자기, 소리도 없이, 이렇게 비겁하게 찾아오는 걸까? 그래도 이건 너무해. 난 고작 열일곱인데.
"하연아, 많이 기다렸지?"
채강이가 한 손을 번쩍 들며 얼굴 가득 웃음을 띤 채 걸어왔다. 가슴이 꼭 막혀서 숨 쉬기조차 불편한 내 얼굴과는 너무나도 대조적이었다.
"참, 너 나한테 할 말 있다고 그랬지?"
"응, 그게……."
"야, 빨리 말해 봐."
채강이가 자연스럽게 내 어깨에 팔을 두르고 얼굴을 바짝 붙이며 물었다. 나는 채강이 손을 내려놓았다.
"왜 그래, 하연아? 말해 봐."

"야, 넌. 왜 그렇게 성격이 급해?"

"왜 화를 내고 그래. 무슨 일 있었어?"

채강이가 내 어깨를 흔들며 당황해서 물었다.

"놔. 놓으란 말이야."

나는 채강이 얼굴을 빤히 쳐다보며 냉정하게 어깨를 뿌리쳤다.

"아, 짜증 나 정말!"

"왜, 뭐가 짜증 나?"

"됐어. 야! 도대체 네 머릿속엔 뭐가 들어 있니? 지금 내가 눈에 보이긴 하니?"

내가 갑자기 소리치자 채강이가 놀란 표정을 지었다. 나는 그대로 돌아서서 잰걸음을 쳤다. 임채강, 정말 넌 바보 같은 놈이야! 이렇게 겁에 질려 오들오들 떨고 있는 불쌍한 내 모습이 눈에 보이지도 않니? 두 눈에 자꾸만 눈물이 차올랐다.

— 왜 그래 정말? 나 기분 되게 별로다.

채강이가 문자를 보냈다. 네 기분만 별로냐? 난 별로인 정도가 아니라 지금 숨이 막혀서 돌아가시실 것 같다. 이 해삼 멍게 말미잘 개뼈다귀 같은 놈아. 지금 내 마음이 어떤지 알지도 못하면서……

나쁜 놈. 속에서 악이 치받쳐 견딜 수가 없었다.

인터넷 검색을 했다. 임신중절 수술에 대해 여러 의견들이 많았다. 어떤 사람은 현실적으로 감당할 수 없으면 수술하는 게 현명하다고 했고, 어떤 사람은 생명을 마음대로 없애는 것은 살인 행위라고 비난했다. 그럼 불룩한 배를 뒤뚱거리며 학교에 다니란 말이야? 수술 비용은 얼마나 들까? 또다시 검색했다. 어떤 사이트에서는 육, 칠십만 원이라고 나와 있고 또 어떤 곳에서는 칠, 팔십만 원이라고 했다. 그 많은 돈을 어디서 구해야 하나? 어묵 순대 떡볶이나 팔고 있는 엄마 지갑에서 그만큼의 현금을 본 적이 없다. 카드를 훔친다? 그럼 금방 탄로 날 텐데. 어쨌든 이건 나 혼자만의 비밀이다. 아무에게도 들켜서는 안 된다. 채강이한테 말할 수밖에 없다. 우린 공범이니까.

―채강아, 나 돈 필요해! 한 칠팔십만 원.

돈 얘기를 꺼내려니 무지하게 거북했다. 문자를 적어만 놓고 머리를 쥐어뜯으며 한참을 망설이다 보냈다. 그리고 곧바로 핸드폰을 껐다. 채강이가 갑작스러운 내 요구에 놀라서 꼬치꼬치 물어 올 것이고 그럼 난 또 자존심이 상해 괜한 심술을 부릴 것이다. 그러면 일을 망치게 된다. 일단은 이 정도의 암시만 준 후, 차분히 이야기할 기회를 만들어 봐야겠다.

다음 날 야자 시간에 배가 아프다고 엄살을 부렸다. 양호실에 잠깐 들렀다가 곧바로 버스를 타고 시내로 나갔다. 우선 병원에 가서 정확한 것을 알아봐야 한다.

이리저리 헤매다가 산부인과 병원을 발견했다. 막상 결심했지만 병원으로 올라가는 통로에 서니 계단이 흔들리는 것 같았다. 병원 앞을 한참 동안 맴돌았다. 여자 의사를 찾자. 같은 여자니까 이야기하기가 쉽고 마음의 부담도 덜하겠지.

드디어 여자 이름이 적힌 병원을 찾았다. 병원 간판에 의사 이름이 있으니 어쩐지 정직해 보였다. 올려다보니 병원은 2층이다. 건물 입구에 들어서려는데 1층 허름한 미용실에서 물방울이 홱 튕겨 나왔다. 옷자락에 튄 물방울을 털어 내며 돌아서려다 오기가 생겨서 다시 계단으로 발걸음을 옮겼다. 한 층만 더 올라가면 된다. 그때, 미용실 안에서 시시덕거리는 소리가 들렸다. 아마, 그들은 내 또래의 아이들이 계단을 올라가는 의미를 이미 알고 있을 듯했다. 그럼, 혹시 저 웃음소리도 나를 향한 게 아닐까? 그런 생각이 들자 나는 쫓기는 범인처럼 황급히 계단을 올라갔다.

산부인과 문을 열기 전에 잠시 숨을 골랐다. 첫마디를 뭐라고 시작해야 하나?

"안녕하세요. 저, 저……."

의사가 한 번에 분명하게 알아들을 수 있도록 말을 해야 한다.

"저 생리가 없어서…… 아니야, 좀 더 분명하게, 임신중절 수술하러 왔습니다. 도와주세요."

아니, 좀 더 당당하게.

"꼭 수술해 주세요."

나는 목소리를 낮춰서 연습한 후 조심스럽게 문을 밀었다. 가슴에서 둥둥둥 전투적인 북소리가 울렸다. 살짝 밀었는데도 문에서 종이 땡그랑 울렸다. 종소리를 듣는 순간 내 발이 돌아서서 계단 아래를 향해 미친 듯이 뛰고 있었다.

다음에, 다음에 오자. 안 돼. 다음에 와. 안 된다니까. 다음에……. 자꾸만 두 눈에서 물방울이 비질비질 흘러내렸다.

7

온종일 앓았다.

뜨거운 불길처럼 갈라지는 미묘한 감정과 캄캄한 동굴 속에서 울부짖는 짐승의 격한 울음소리 같은 그런 악몽 속으로 자꾸만 빠져들었다. 귓가에서 아기 울음소리가 들릴 땐 가위에 눌려 죽을 것만 같았다. 눈을 뜨면 오만가지 생각들이 한꺼번에 들고 일어나 두려움에 떨었다. 내 안에 내가 이렇게 많은지 몰랐다. 한쪽에선 하연아, 괜찮아. 어떻게 되겠지. 걱정하지 마 하는 위로의 소리가, 또 다른 쪽에선 정하연, 너 이제 큰일 났다. 어떡할 거야? 죽었다 하는 공포심이 교차하며 나타났다.

저녁때 진아가 전화했다.

"하연아, 현규 생일인데 같이 가자."

"싫어."

"왜? 채강이도 올 건데."

"미안해."

"너 요즘 이상해. 무슨 일 있어?"

"무슨 일은……."

"아냐, 너 요즘 정말 정하연 같지 않아. 왜 채강이랑 싸웠어? 야, 그러니까 오늘 기분 좀 풀자."

"진아야, 나 정말 못 가. 잘 갔다 와."

진아와 내가 통화하는 소리를 들었는지 엄마가 옆에 다가와서 물었다.

"너, 어디 아프니?"

"아냐, 좀 가만히 내버려둬!"

"계집애, 신경질은!"

내가 꽥 쏘아붙이자 엄마가 언짢은 표정으로 나를 빤히 쳐다보았다. 만화방에 가서 만화책을 잔뜩 빌려 왔다. 좋아하는 만화라도 읽으면 이 짓누르는 공포에서 좀 빠져나올 수 있을 것 같았다. 그러나 만화책도 소용없었다. 눈은 만화책에 가 있어도 어느새 정신은 멍하게 딴 곳을 헤맸다. 시험 보는 날, 숨죽이고 앉아서 시험지를 받아 들기 전까지의 그 긴장과 공포는 차라리 행복한 시간이다.

아니, 그동안 의식하지 못하고 흘려보냈던 그 많은 시간은 어느 시의 구절처럼 내게 소중한 꽃봉오리였다. 나는 이 세상에 태어나서 처음으로 물리적으로 흐르는 시간이 사람을 고문할 수도 있다는 것을 알았다. 입술이 마르고, 눈동자에 붉은 뿌리가 돋았다. 미칠 것 같은 고민 속에서 몸부림쳤다.

핸드폰이 울렸다. 진아였다. 전화 받기도 귀찮았다. 분명히 현규 생일 뒷얘기를 들려주려고 전화했을 것이다. 그래, 생일이라고 몇몇 녀석들이 이마를 맞대고 앉아 생일빵 몇 대 때리고, 노래방에 들렀다가 컴컴한 데 모여서 눈치 보며 소주를 마셨던 이야기를 늘어놓을 것이다. 난 지금 그런 시시한 이야기를 들을 기분이 전혀 아니다. 그러나 전화벨은 끈질기게 울렸다.

"하연아, 현규가 흐흑……."

"……?"

핸드폰에서 뜻밖에도 진아의 울음소리가 들렸다.

"그 새끼가 글쎄, 으흐흑 나를……."

"너를 왜?"

"하연아, 나 어떡해? 무서워 죽겠어. 애들하고 소주 마시다가 애들은 가고 그 새끼가 나를 끌고…… 나, 나무 뒤로 가서는 내 모, 몸을 만지고 옷을, 마구…… 너무 무서워서…… 막 소리치고 집으로 뛰어왔는데······.”

"어떡해······.”

나도 모르게 목소리가 커졌다.

"하연아, 나 미칠 것 같아.”

"야, 그래서 끝까지 갔어?”

"내, 내가 미쳤니? 갈 뻔했는데 내가 막 때렸어. 집에 왔더니 우리 엄마가 내 꼴을 보고······ 뒤로 넘어갔어.”

설움에 복받친 진아 목소리가 마구 떨렸다. 핸드폰을 들고 있는 내 손도 떨렸다. 나를 짓누르던 채강이의 그 뜨거운 눈빛과 현규의 눈빛이 뒤섞여 눈앞을 스쳤다. 그래도 진아는 용감하다. 나한테 전화까지 하다니······. 하긴, 끝까지 가지는 않았으니까. 나는 벌떡 일어나 주방으로 나갔다.

"엄마, 있잖아. 이건 비밀인데 진아가 오늘 저녁 남자애한테 성폭행당했대.”

"뭐?”

배추를 절이고 있던 엄마가 손에 소금을 한 움큼 쥔 채로 놀라서 돌아보았다.

"방금 전화가 왔는데 울고불고 야단났어.”

"아이고, 저런 어쩌냐? 어디서 누구한테?”

"자세한 건 몰라. 진아 남자 친구가 그랬다는데."

"그러게, 남자애들하고 돌아다니면 일 나지, 일 나. 학생이 공부나 하지, 하여튼! 너도 조심해!"

"엄마, 진아 임신하면 어떡하지?"

나는 애써 무덤덤한 표정을 지으며 물었다.

"잡아 죽여야지……. 걔네 엄마는?"

"걔네 엄마도 알고 있대."

"아이고, 얼마나 기가 막히겠냐. 나도 수연이 돌아다닐 때 애라도 생길까 봐 그게 제일 걱정이었는데……. 하연이 너, 엄마 말 잘 들어. 엄마가 네 언니한테도 숱하게 말했지만 만약 너희들이 허튼 짓하고 돌아다니다가 애라도 생기면 엄만…… 같이 죽어 버릴 거야."

엄마가 내 눈을 똑바로 바라보며 말했다.

"……그럴 수도 있지 죽긴, 왜 죽어."

나는 엄마 눈길을 피해 얼른 돌아섰다. 역시 엄마는 내 고민을 해결해 줄 수 없다. 만약 내 뱃속에 아기가 있다고 하면 엄마는 그대로 기절해 버릴 거다. 아니, 엄마 말처럼 같이 죽자고 할지도 모른다. 그래, 어쩔 수 없이 난 혼자다. 혼자서 해결해야 한다.

다음 날 진아가 퉁퉁 부은 눈으로 학교에 왔다. 어제저녁에는 내 감정이 너무 복잡해서 진아에게 위로의 말도 한마디 못 했다. 진아 옆에 가서 따뜻한 말이라도 한마디 건네고 싶은데 진아의 눈길이 나를 피하는 것 같아서 그냥 있었다.

─ 진아야, 힘내.
─ 고마워.

서로 문자를 주고받았다. 진아는 4교시가 끝난 후, 아프다고 조퇴했다. 가방을 들고 교실 문을 나서던 진아가 나에게 다가와 귓속말을 했다.
"하연아, 어떡해. 우리 엄마가 오늘 현규네 엄마 만난대. 단단히 따질 모양이야."
"그래."
"아, 창피해서 어떡해……."
"괜찮아, 진아야. 네가 왜 창피해."
나는 진아의 아픔이 마음에 와닿아 진심으로 위로해 주고 싶었다. 그런데 참, 내 마음을 나도 알 수 없다. 진아가 걸어가는 운동장을 내려다보는데 괜히 화가 났다. 진아의 핼쑥한 얼굴이 마치 엄살을 부리는 것처럼 느껴져 기분이 나빴다. 엄마와 친구한테 털어

놓아 자기의 결백을 증명했으면서 무엇이 그리 창피하단 말이야? 휴……, 정하연 정말 못됐다. 내 모습을 봐. 누구에게도 말하지 못하고 혼자서 끙끙대며 숨어 있는 두더지 같은 나를. 아니, 어쩌면 풍선처럼 내 배가 부풀어 오르다가 어느 순간에 펑 터져 죽을지도 몰라. 어떡하지? 난 누구한테 이런 내 비밀을 말해야 할까? 입속에 쓴 물이 고였다.

야자 시간에 자꾸 속에서 울컥거리며 뭔가가 올라오고 눈가에 물방울이 매달리는 것 같아 눈에 힘을 줬더니 머리가 어지럽고 눈알이 뻣뻣했다. 간신히 집에 돌아와 씻지도 않고 침대에 누우려는데 진아한테서 전화가 왔다. 핸드폰을 들자 진아의 씩씩대는 숨소리가 울음소리에 섞여 터져 나왔다.

"하연아, 사람이 어떻게 그럴 수 있니? 글쎄, 현규 엄마가 우리 엄마보고 딸 간수나 잘하라고 도리어 야단하더래. 내가 남자애들하고 어울려서 술 마셨다고……. 정말 어떻게 그딴 식으로 말할 수가 있냐?"

"말도 안 돼. 자기 아들이 먼저 그런 건 생각도 안 하고. 진아야, 울지 마. 너 그 새끼한테 사과는 받았어?"

"응, 문자가 왔는데 내가 너무 좋아서 그랬다는데……. 말도 안 돼. 그게 어떻게 좋아서니. 그런 애한테, 그런 곳에서는 정말 아니야. 불결해."

불결해! 진아의 그 말을 듣는 순간 마치 가시에 쿡 찔린 것처럼 가슴이 뜨끔하더니 화가 치밀었다. 뭐라고 꽥 소리를 질러 주고 싶었다. 그러나 금세 내 목소리에서 힘이 쭉 빠져나갔다.

"어유, 그놈의 호르몬이 유죄지, 뭐."

"뭐, 호르몬!"

"그래, 지난번 성교육 시간에 배운 발정 호르몬 말이야. 그 호르몬 때문에 남자들이 못 참는다잖아. 여자도 마찬가지라고 했고."

"야, 난 아니야. 그깟 호르몬 때문에……. 난, 그런 불결한 일은 정말 싫어!"

진아가 쌀쌀하게 톡 쏘았다. 진아의 내숭에 속에서 욕지기가 부글거렸다.

"알았어, 진아야. 성교육 시간에 그랬잖아, 충동을 억제할 수 있는 것은 마음이나 감정이 아니라 두뇌라고. 넌 똑똑하니까 이성적으로 충분히 거부할 수 있었을 거야. 넌 절대로 불결하지 않아."

"뭐야. 정하연, 너 지금 날 놀리는 거니?"

꼬여 있는 내 목소리를 알아챘는지 진아가 발끈했다.

"야, 내가 왜 널 놀려. 난 진심으로 위로하고 싶어서 그래."

내가 의뭉스럽게 둘러대자 진아 목소리가 금세 풀렸다.

"그런데 하연아, 어떡해. 우리 엄마 분해서 난리도 아니야, 지금 머리 싸매고 누웠어. 나도 미쳤지, 그런 꼴로 집에 들어갔으니……."

진아가 어리광을 피우듯 징징거리는 목소리로 말했다. 갑자기 알 수 없는 분노가 치밀었다. 채강이에게, 아니 나 자신에게, 그날 밤 우리 둘의 몸속에서 마구 분출했던 미친 호르몬과, 고의는 아니지만 상대적으로 내 불결을 들추어내고 있는 진아에게 어이없는 분노가 치밀었다. 그래, 난 불결하다! 그런데 그게 그렇게 불결한 거야? 나는 전화를 끊자마자 셔츠를 훌떡 벗어 버렸다. 뽀얀 뱃살이 숨결에 따라 들쑥날쑥 움직였다. 두 손바닥으로 배를 싹싹 문질렀다. 제발 없어져라, 이것아!

다음 날 첫째 시간이 끝나자 진아가 내 손을 잡아끌고 교실 밖으로 나갔다.

"하연아, 우리 엄마가 산부인과에 가서 확인해 봐야 한대."

"뭐? 산부인과?"

나도 모르게 깜짝 놀라서 물었다.

"응."

"끝까지 안 갔다며?"

"그래도 엄마는 병원에 갔다 와야 안심할 수 있대. 내 말을 믿지 않는다니까."

"그럼, 정말 병원 갈 거야?"

"그럼 어떡하니?"

진아가 울상을 지었다.

"엄마하고 같이 병원에 가면 덜 창피할 거야."

정작 병원에 갈 사람은 나인데……. 지난번에 병원 문 앞에서 돌아서던 초라한 내 모습이 떠올랐다.

"야, 넌 어쩜 내가 심각한 얘기를 하는데도 그러냐? 친구가 산부인과에……."

딴생각에 빠져 있는 내 얼굴을 보고 진아가 뾰로통해져서 돌아섰다. 정말 사람은 어쩔 수 없이 이기적인 동물인가 보다. 진아하고 이야기를 나누면서도 속에서는 질투심이 부글부글 끓어올랐다. 내가 진아보다 더 불쌍해서 화가 났고, 내가 진아보다 더 아픈 게 속상했다. 그래, 난 친구의 불행을 진심으로 위로해 주긴커녕, 친구가 나보다 덜 불행하다는 사실에 속상해하는 아주 나쁜 애야, 나쁜인 애. 나만 생각하는 이기적이고 못된 애! 아니야, 지금 내 코가 석 자야! 치, 웃기지 마, 넌 위선자야. 자기 속에만 머리를 처박고 사는 속 좁은 달팽이야! 진아를 정말 친구로 생각한다면 너도 가면을 벗고 진아에게 말해야 하는 거 아냐? 그래도 진아는 현규하고 끝까지 안 갔잖아. 이렇게 뱃속에……. 그러다가 나중에 내 비밀이 들키면 그땐 진아에게 뭐라고 말할 건데? 아, 종례를 마칠 때까지 진아 앞에서 어설픈 연기를 했다는 자책과 더불어 비밀을 고백해야 하느냐 말아야 하느냐 하는 갈등이 마음속에서 소용돌이쳤다. 그래, 자존심 따윈 버리고 진아에게 속 시원히 얘기해 버리자. 시간이 지나면 동병상련의 이 절박한 아픔을 나눌 수 없을 테니까.

─진아야, 미안! 나도 사실 고민이 좀 있어서…… 우리 오늘 야자 하지 말고 튈래?

나는 종례를 마치자마자 재빨리 문자를 보냈다. 책상에 엎드려 있던 진아가 진동 소리에 핸드폰을 보더니 내 쪽으로 눈길을 주며 고개를 끄덕였다. 우리는 슬그머니 교실을 빠져나왔다.
"진아야, 나 사실……."
패스트푸드점 2층 구석진 곳에 자리를 잡고 앉아서 나는 입을 열었다. 그러나 막상 이야기를 꺼내려니 입 주위가 뻣뻣해지면서 또 속에서 거부 반응이 일었다. 진아 앞에서 이렇게 긴장해 본 적이 없었다. 정말 죽고 싶을 만큼 비참한 생각도 들었다. 아아, 너무 그러지 마. 이미 진아에게 문자를 보낼 때 솔직하게 다 털어놓기로 했잖아. 그동안 진아하고 공부 때문에 라이벌 관계이긴 했지만, 그래도 진아는 초등학교 때부터 단짝이었잖아. 괜찮아, 진아는 분명히 날 이해해 줄 거야. 정하연, 후회하지 말고 빨리 말해 버려. 아, 그래도 정말 정말 쪽팔린다!

"진아야, 너만, 정말 너만 알고 있어야 해. 약속해!"

"알았어, 걱정 마. 약속할게."

나는 그래도 미심쩍은 마음에 다시 한번 다짐을 받아 두려고 새끼손가락을 내밀었다. 진아가 내 눈을 빤히 바라보며 손가락을 걸었다.

"진아야, 나 사실은…… 임신했어!"

"뭐?"

진아가 눈을 휘둥그레 뜨며 내 손을 꽉 움켜잡았다.

"응, 그게 채강이하고……."

말을 끝내지도 못했는데 내 두 볼을 타고 눈물이 주르륵 흘러내렸다. 정하연, 왜 이렇게 초라하냐? 괜히 진아한테 말해 버렸나? 아, 자존심 상해 미치겠네! 야, 이 상황에서 또 자존심 찾고 있니?

"하연아, 울지 마. 응?"

진아가 내 옆자리로 옮겨 앉으며 휴지로 눈물을 닦아 주었다.

진아는 더는 아무것도 묻지 않고 쉴 새 없이 흘러내리는 내 눈물만 닦아 주었다. 옆에 앉은 사람들이 우리 둘을 자꾸 흘끔거렸다.

"하연아, 우리 나가자."

우리 둘은 말없이 밖으로 나와서 길을 걸었다. 그저 보이는 모든 것이 막막하게만 느껴졌다. 진아와 눈이 마주치는 게 민망해서 괜히 먼 곳을 쳐다보았다. 그렇게 한동안 걸어가던 진아가 내 옆에 바짝 붙어서 팔짱을 끼더니 말했다.

"하연아, 우리 엄마가 그러는데 배고프면 밥 먹고 싶고, 잠 오면 잠자고 싶은 것처럼 우리가 사랑을 하고 싶어 하는 것은 자연스러운 일이래. 솔직히 말하면 나도 현규를 볼 때 현규하고 키스도 하고 싶고 안아 보고도 싶어. 이번에 현규가 막무가내로 그럴 땐 속상했는데 그게 참 이상하더라. 나도 모르게 마음 한구석에서 한번 끝까지 가 볼걸 하는 야릇한 생각이 들더라고. 하연아, 난 너 이해할 수 있어."

진아가 젖은 목소리로 또박또박 말했다. 문득, 진아가 나보다 훨씬 더 크게 느껴졌다. 진아에게 의지하고 싶은 마음이 생기면서 내 입술이 풀리고 정직한 고백이 나왔다.

"진아야, 나 정말 너무 무섭고 겁나! 어떡하지?"

"하연아, 우선 병원에 가 보자. 그래야 정확하게 알지."

"집에서 테스트해 봤는데, 맞아."

"그래도 아닐 수도 있잖아."

아닐 수도 있다? 그럴까? 그럴 수도 있을까? 그럴 수만 있다면 얼마나 좋을까? 진아의 말을 들으니 마음 한구석에서 보풀처럼 희망이 일었다.

"진아야, 정말 같이 가 줄래?"

"그럼, 나 돈도 있어. 일단 진찰만 할 거니까 몇만 원이면 되겠지. 가자, 하연아!"

진아가 내 손을 잡고 재촉했다. 나는 진아에게 이끌려 버스를 타고 지난번 문 앞에서 돌아온 병원으로 갔다. 1층 미용실을 외면하고 계단을 올라갔다. 이번에는 진아도 있는데 설마 그대로 돌아오진 않겠지. 심장이 팔딱거리고 다리가 뻣뻣했다. 나는 숨을 고르며 진아 손을 단단히 잡고 병원 문을 열었다.

"첫 진료신가요?"

"네……."

간호사가 이름과 생년월일, 마지막 생리일을 물었다.

"잠시 앉아서 기다리세요."

잔뜩 겁먹은 표정으로 앉아 있는 우리를 옆에 앉은 중년 아주머니와 젊은 부부가 힐끗거리며 바라보았다. 나는 눈길 둘 곳을 찾다가 마땅치 않아 진아 손을 꼭 잡고 눈을 감아 버렸다.

"정하연 님."

한참을 기다린 후, 간호사가 내 이름을 불렀다. 진아와 내가 엉거주춤 일어나자 간호사가 진료실을 가리켰다. 둘이서 진료실 문을 열고 들어가자 단발머리 의사가 잔잔히 웃으며 우리를 바라보았다. 잠시 내 눈빛과 의사의 눈빛이 마주쳤다. 나도 모르게 얼굴이 화끈거리고 호흡이 빨라졌다.

"정하연 님이 어느 분이죠?"

"저, 전데요."

"어디가 불편해요?"

"저, 저……."

"선생님, 제 친구가 임신인 것 같아요."

진아가 재빨리 끼어들어 대답했다.

"어떻게 임신인 걸 알았어요?"

"약국에서 사다가 테스트를……. 그런데 선생님, 5월에는 생리가 있었는데 그래도 임신인가요?"

"5월에 생리가 있었다니, 무슨 말인지?"

"4월에 남자 친구랑 그 일이 있고, 5월에 생리가 있었는데."

"아, 수정란이 자궁에 착상할 때 잔류 혈이 떨어져 나오는 경우

가 있어요. 일단은 정확하게 한번 검사해 봐요."

의사가 간호사를 불렀다. 간호사가 의사의 지시에 따라 종이컵을 내밀었다. 요즘 입에서 자꾸만 음식이 당겨서 마구 먹었더니 화장실 거울에 비친 내 얼굴이 탱탱하게 보였다. 이 탱탱한 얼굴이 쭈그렁바가지가 되어도 좋으니 내 뱃속의 근심덩어리나 쑥 빠져나가면 얼마나 좋을까?

소변을 받은 컵을 간호사에게 갖다준 후, 우리는 소파에 다시 앉았다. 그사이 몇 사람이 더 왔지만 나처럼 어린 여자애는 없었다. 오른쪽에 앉은 남자는 임신한 아내의 배를 어루만지며 연신 웃었다. 축복받은 임신과 불행한 임신! 나는 고개를 푹 숙이고 아랫입술을 꼭 깨물었다.

"정하연 님!"

진아와 나는 간호사를 따라 다시 진료실로 들어갔다.

"임신이에요."

"……."

이미 짐작은 하고 있었지만 막상 생생한 목소리로 듣고 보니 망치로 머리통을 얻어맞은 것처럼 아찔했다.

"선생님, 어, 어떡하죠?"

진아가 내 팔을 붙잡으며 다급하게 물었다.

"보자, 생년월일이…… 그럼 열입곱 살, 고1?"

"……."

"4개월이면 태동을 느낄 텐데……."

"……."

"왜, 임신중절 수술 하려고?"

"네."

진아가 나 대신 또렷한 목소리로 대답했다.

"그럼 보호자가 있어야 해. 다음에 보호자하고 같이 와요."

의사의 냉정한 말에 고개가 푹 꺾였다. 병원 계단을 내려오는데 다리가 허공을 내딛는 것처럼 후들거렸다. 귓속에서 윙윙 소리가 나면서 후들거리는 몸뚱이가 엉망진창이 되어 늪 속으로 빠져 들어가듯 무너져 내렸다. 세상에 이럴 수는 없는 거다. 정말 이러면 안 된다. 눈앞이 아득해져서 그 자리에 주저앉아 버렸다.

"하연아, 정신 차려!"

진아가 급히 나를 붙잡았다. 나는 진아의 부축을 받으며 간신히 계단을 내려왔다. 등에서 식은땀이 흘렀다.

"하연아, 그러지 말고 너희 엄마한테 말씀드리자. 보호자가 없으면 안 된다잖아."

"그건, 안 돼. 우리 엄마가 알면 같이 죽자고 그럴 거야. 너도 우리 엄마 알잖아. 우리 언니가 속 썩일 때 같이 죽자고……. 언니도 엄마를 못 당하는데 내가 어떻게……."

"그래도……. 그럼 우리 엄마보고 보호자가 되어 달라고 할까?"

"야, 어떻게 너희 엄마를……."

아, 정말 길이 보이지 않는다. 나이가 어리다는 게 이렇게 비참할 줄이야. 콱 죽었으면 좋겠다. 진아와 나는 결국 어떤 해결 방법도 찾지 못하고 헤어졌다. 우리 집 앞까지 따라온 진아가 나를 집으로 들여보내며 안쓰러워하던 눈빛은 정말 죽어도 못 잊을 거다.

침대에 누웠다. 두 눈에 말뚝이라도 박힌 것처럼 뻑뻑해서 눈을 감을 수가 없다. 불을 꺼 버리면 어둠이 무섭고, 불을 켜 놓으면 불빛이 달려들어 내 눈을 쪼았다. 지난번 생일날 채강이한테 선물 받았던 예쁜 스프링 공책을 펼쳤다. 그러나 쓸 말이 없다. 작은 손바닥을 그렸다. 그릴 수 있는 작은 손가락의 움직임까지. 뱃속에 있는 손과 이 손을 비교하면 얼마큼 차이가 날까? 4분의 1. 아냐. 6분의 1. 지금 이 뱃속에서 다섯 개의 손가락은 어디쯤 있을까? 손을 펴고 있을까? 쥐고 있을까? 작고 귀여운 손바닥이 눈앞에 선명하게 보이는 것 같기도 하고, 이내 그 손바닥이 핏빛으로 눈앞에 떠다니기도 했다.

'아가야, 미안해!'

나도 모르게 연민에 젖어 들었다.

'아냐, 이건 하루빨리 버려야 할 이물질이야. 죽어라! 죽어!'

나는 일어나 미친 듯이 두 주먹으로 배를 때렸다. 배가 퍼렇게 멍들도록.

# 8

　나는 요즘 생각할 수도 움직일 수도 없는 허수아비다. 몸은 온종일 교실에 앉아 있지만 내 정신은 까마득한 어둠의 터널을 헤매고 있다. 불러 오는 배를 복대로 꽁꽁 묶고 거들로 바짝 조여서 움직이기도 힘들다. 애들이 눈치챌까 봐 숨을 크게 쉬기도 겁난다. 그런 내가 불쌍한지 진아는 쉬는 시간마다 내 옆에 와서 붙어 있다. 그런 우리의 행동이 애들 눈에 다각적으로 포착되어 자기네끼리 수군댔다.
　"야, 너희 둘 요즘 수상하다. 언제나 둘이 붙어서 속닥거리고."
　"맞아, 사귀나 봐."
　"그래, 왜, 질투 나니?"
　한마디씩 날리는 애들에게 진아가 벌컥 화를 내며 되받았다.

"야, 정하연, 너 요즘 이상해. 어디 아파?"

"너 왜 그렇게 멍해? 수업 시간에도."

몇몇 애들은 내 모습이 걱정스러운지 괜찮냐고 묻기도 했다.

윤리 시간이다. 별명이 호우주의보인 윤리 선생님이 어김없이 쏟아지는 침으로 앞자리에 홍수를 내며 외치는 소리에 정신이 번쩍 들었다.

"아버지의 사랑은 무덤까지 가지만, 어머니의 사랑은 영원하다는 러시아 속담처럼 동서고금을 막론하고 모성애는 인류를 이어 온 자양분이다. 모성애, 자식에 대한 본능적인 어머니의 사랑! 너희 바다에 사는 문어 알지? 문어는 바위 밑에 알을 낳고는 산소가 부족해서 알들이 죽을까 봐 쉬지 않고 바람을 불어 넣는다. 그러고는 돌을 날라다 집 앞에 쌓아서 알을 보호하고, 알들이 부화하면 새끼들을 입으로 빨아들인 후 수면을 향해 내뿜어. 새끼들이 바다 표면으로 떠오르면 반짝이는 햇빛 때문에 다른 물고기들이 잘 알아볼 수 없어서 잡아먹히지 않고 살 수 있으니까. 그러다가 결국 힘이 다 빠진 어미는 지쳐서 죽게 돼. 문어의 모성애, 정말 위대하지 않냐?"

모성애! 어머니! 호우주의보의 말이 메아리처럼 귓가를 때렸다. 갑자기 가슴이 먹먹해지고 눈물이 핑 돌았다. 의자를 책상에 바짝 끌어다 대고 책상 밑으로 배를 만져 보았다. 나도 엄만데……. 아가야, 아가야…… 눈물이 떨어질 것 같아서 얼른 고개를 숙이고 두 눈을 부릅뜨고 힘껏 눈에 힘을 주었다.

"어이, 셋째 줄에 앉은 너. 어, 정하연. 고개 들어. 너무 자책하지 말고, 지금부터라도 효도하면 된다."

호우주의보의 면박에 아이들이 킥킥댔지만 나는 멍한 눈으로 교실 천장을 올려다보았다. 저 천장을 뚫고 날아오를 수만 있다면. 꽉 막힌 이 공간을 박차고 달아날 수만 있다면……. 그래서 나도 내 아기와 함께 살 수 있다면, 조그맣고 작은 아기를 내가 지켜 낼 수 있다면……. 아니야, 절대 안 돼! 그럴 순 없어! 이건 악마의 속삭임이야!

국어 시간에도 끊임없이 이어지는 긴 설명이 귓가에서 흩어져 교실 바닥에 토막토막 굴렀다.

"봉산탈춤은 당시 시대상을 반영하고 있으며 양반 사회를 풍자하는…… 골계미가 드러나며…….."

그래, 선택과 포기는 동전의 양면이다. 미리 약속하지 않은 이상 어느 쪽으로 뒤집어도 정답은 없다. 아기를 없앤다. 아니, 낳아서 기른다. 그런데 그게 현실적으로 가능하려면 어떻게 해야 하지? 아기와 내가 살 길은 어디에……. 어떤 선택이 최선일까?

미술 시간에는 미술 선생님의 별명처럼 빠글거리는 파마머리를 봐도 예전처럼 우습지가 않다. 왜 저 머리가 그렇게 우스웠지? 연이어 낳은 세 아이들 돌보랴, 그림 그리랴, 저 짧은 파마머리가 아니면 감당이 안 된다는 말을 학기 초에 들어 놓고도.

"피카소와 마티스는 입체파와 야수파를 주도한 화가로서 선의의 경쟁자이자 둘도 없는 친구 사이였지. 피카소는 마티스의 강렬한 원색과 대담한 변형, 거친 터치를 가리켜 '마티스의 뱃속엔 태양이 들어 있을 것'이라고 말했다는데……"

미친 푸들, 아니 미술 선생님, 정말 죄송해요. 선생님의 그 열정적인 말씀이 제 귀에 하나도 안 들어오니 어떡하죠? 아마 내가 미쳤나 봐요. 선생님, 제가 정하연이 맞나요? 허수아비가 아니고요.

점심시간이다. 신기하게도 밥 냄새를 맡으니 몽롱하던 정신이 맑아졌다. 그러나 급식 당번이 나눠 주는 음식은 성에 차지 않는다. 내가 듬뿍 더 퍼 담는다. 이런 내 모습을 보고 진아가 살찐다고 노골적으로 눈치를 주었다. 정말 감당이 안 된다. 왜 이렇게 배가 빨리 고프고 먹을 것을 밝히는지 모르겠다. 추하다. 이런 내 모습이. 집에 돌아와 엄마한테 슬쩍 물어보았다.

"엄마, 나 가졌을 때 어땠어?"

"아이고, 말 마라. 왜 그리 잠이 쏟아지던지, 설거지를 하면서도 졸았으니까 말 다 했지 뭐. 다른 사람들은 입덧이다 뭐다 해서 음식을 가리더라만 나는 수연이 때도 그렇고 너 가졌을 때도 뭐든 안 가리고 다 잘 먹었다. 지금 이 살이 그때 찐 게 안 빠진 거야."

역시 나는 엄마를 닮았구나. 정말 싫다. 걱정은 태산인데 내 몸뚱이는 하루하루 돼지처럼 게걸스럽게 먹고, 뚱뚱보로 변해 가고 있다.

"하연아, 요즘 너, 너무 먹는 것 같아. 다이어트 좀 해라."

"자꾸 그러지 마. 나도 짜증 나!"

엄마 말에 발끈해서 신경질을 냈다.

"너, 정말 말끝마다 짜증 나, 짜증 나……계집애가!"

"뭐, 짜증 나니까 짜증 난다지."

"뭐가 그리 짜증 나는데?"

"몰라. 묻지 마. 짜증 나 죽겠어."

나도 모르겠다. 엄마가 무슨 죄가 있다고 엄마한테 자꾸 신경질을 부리는지.

다음 날 학교에 가는데 엄마가 어제 "다이어트 좀 해라." 하고 던진 말이 가슴에 콕 박혀서 발걸음이 무거웠다. 혹시 엄마가 눈치를……아니야, 그럴 리가 없어. 아, 이런 처지에 학교에 가서 뭐 해? 갑자기 현기증이 일면서 머리가 아팠다. 나는 학교로 가다가 돌아섰다. 집에 있으면 엄마한테 들킬 수 있다. 집을 나가서 방법을 찾아볼까? 수연 언니를 찾아갈까? 말도 안 돼. 내가 이런 모습으로 찾아가면 당장 집으로 끌고 올 텐데. 집을 나간다고 해도 뚜렷한 해결책이 없고, 그냥 이렇게 지내자니 미칠 것 같고……. 생각에 잠겨 터덜거리며 집으로 돌아왔다. 힘없이 현관문을 열고 들어서니 뜻밖에도 할머니가 집에 와 있었다.

"어, 할머니 언제 왔어? 소식도 없이 웬일이야?"

할머니가 윗도리를 벗고 선풍기 앞에서 부채질을 하며 대답했다.

"첫차로 안 왔나? 요새 꿈자리도 뒤숭숭하고 네 아빠가 꿈에 자꾸 보여서 왔다. 그런데 넌 이 시간에 핵교 안 가고 와 왔노?"

"그냥, 몸이 좀 안 좋아서."

할머니는 심심하면 이렇게 불쑥 올라온다. 난 할머니를 만나는 게 반갑지가 않다. 다른 애들은 할머니의 사랑을 들먹이며 할머니가 좋다고들 하지만 난 할머니가 싫다. 우리 할머니는 보통 할머니들하고 다르다. 가끔 우리 집에 오면 가만히 못 있고 식구들을 달달 볶는다. 시골에서도 온 동네 간섭 다 하고 돌아다닌다고 엄마가 흉을 보는 것으로 보아 동네에서도 미움을 받는 모양이다. 나는 할머니의 수다에 붙잡히지 않으려고 방으로 얼른 들어왔다.

"하연아, 요즘 너거 애비 좀 어떠냐? 좀 덜하냐?"

옷을 갈아입는데 할머니가 문을 열고 들어왔다.

"덜하긴 뭐가?"

"그 지랄병 말이다."

할머니가 우리 집에 올 때마다 똑같이 되묻는 말이다.

"몰라. 나 지금 안 좋으니까 할머니 제발 좀 나가 줘."

"아빠가 요즘도 술 많이 마시나?"

"아유 참, 할머니. 오랜만에 손녀딸을 만났으면 손녀딸 안부나 물어."

"손녀딸이야 잘 있지만 네 애비가 걱정이지."

"그 지랄병이 어딜 가나 뭐."

아예 대꾸를 하지 말았어야 했다. 내가 짜증 섞인 목소리로 대답하자 할머니가 그 자리에 쪼그려 앉아서 중얼거렸다.

"에이그, 개떡 같은 병도 많지. 그놈이 꼭 지 애비 안 닮았나? 지 애비도 죽는 날까지 개천가로 천방 둑으로 술에 취해서 헤매고 안 다녔나. 동네 남세스러워서. 동네 사람들이 어데 그 영감을 인간으로 취급한 줄 아나? 본디부터 집안 동네니까 쫓겨나지 않고 살았지 어디 타관이라면 발 못 붙였을 거다. 술만 처묵었다 하면 지랄을 해 대니. 지 애비 병이 아들놈한테 도져서 그런다. 그 더러운 지랄병이……."

"아유, 짜증 나. 할머니 이제 좀 그만하고 나가. 나가란 말이야."

"알았다. 그래도 지 애비라고 쯧쯧쯧……."

할머니가 언짢은 표정으로 혀를 찼다. 아빠의 그 더러운 병이 죽은 할아버지한테서 유전된 것이든 뭐든 그래도 자기 자식인데 할머니는 왜 자꾸 저럴까? 나는 할머니가 아빠 얘기를 마치 남의 흉을 보듯 늘어놓는 게 정말 싫다. 그리고 할머니하고는 되도록 말을 하지 않는 게 뒤탈이 없다. 할머니는 우리 집 일을 염탐해서 고모들한테 낱낱이 고자질을 하기 때문이다. 어릴 때 멋모르고 할머니한테 우리 집 이야기를 했다가 엄마한테 혼난 적이 있다. 자세한 내용은 다 잊어버렸지만 하여튼 할머니가 말발 센 고모들한테 무슨 말을 옮겨서 고모들이 한동안 전화를 해 대며 엄마를 긁어 댔다. 그래서 엄마가 "야, 나도 지겨워 죽겠어. 너희들이 그 잘난 네 오빠를 데리고 살아 봐"라는 막말을 했고 한참 동안 옥신각신하더니 요즘은 관계가 뚝 끊어져서 오가지도 않는다. 어쨌든 나도 정가지만 이 정가 집구석 인간들은 다 싫다.

"너 엄마 가게는 장사가 좀 되냐?"

"할머니, 제발 나가 줘."

내가 소리를 지르자 할머니가 버럭 화를 냈다.

"에이, 이 나쁜 년. 어디 할미 앞에서 소리를 지르고……. 네년도 지 애비 놈을 닮아서……."

"할머니, 내가 왜 아빠를 닮아. 난 그딴 인간 싫단 말이야!"

"이년이 지 애비를 보고……."

할머니가 돌아서서 종주먹을 댔다. 나도 한심하다. 할머니가 서울에 올라올 때마다 번번이 이렇게 싸워야 하다니. 그런데 이상한 것은 내가 아빠를 그렇게 싫어하면서도 할머니가 내 앞에서 대놓고 아빠 욕을 하면 듣기가 싫다. 웃긴다. 할머니도 마찬가지다. 내가 아빠 욕을 하면 싫은가 보다. 정말 징그러운 핏줄이다. 그 징그러운 핏줄이 지금 내 뱃속에도 들어 있다고 생각하니 참을 수가 없다. 두 손으로 배를 꽉 움켜잡고 비틀었다. 피멍 든 손톱 자국이 선명하게 부풀어 오를 때까지.

여름방학이 시작되었다.

"하연아, 현규가 만나자는데 어떡하지?"

"어? 너희 깨진 거 아니었어?"

"그 일 있고 나서 처음에는 현규 그 녀석 꼴도 보기 싫었어. 그리고 걔네 엄마 생각 하면 화가 나서 미치겠더라고. 그런데 그 녀석이 자꾸 미안하다면서 다시 사귀자고 하잖아. 날 좋아한다고 만날 문자 날리는 거 있지."

"하긴, 누구나 실수할 때가 있으니까. 나 봐. 채강이하고 깨지지 않았잖아."

"나도 현규가 그렇게 싫은 건 아닌데, 걔네 엄마 생각 하면 재수 없어……."

"걔네 엄마가 무슨 상관이야. 현규, 걔, 마음 착하잖아."

"그렇지? 그럼 한번 만나 볼까?"

"응……."

내 시답잖은 대답을 진아가 눈치채지 못해 다행이다.

난 정말 이럴 때 내가 싫다. 정하연, 넌 정말 개념과 우정을 상실한 이중인격자다. 그동안 겉으로는 진아를 위하는 척하면서도 속으로는 현규하고 끝나길 바라고 있었던 거다. 내가 먼저 좋아했던 현규랑 진아가 사귀는 게 질투가 났다. 그리고 진아와 현규가 나랑 채강이보다 더 잘 어울리는 것 같은 열등감 때문에……. 미안해, 진아야. 지금부터라도 너하고 현규가 잘되길 진심으로 바랄게.

어쨌거나 이제 나도 뭔가 해결점을 찾아야 한다. 그동안 꺼 두었던 핸드폰의 전원을 켰다. 채강이가 보낸 문자가 줄줄이다. 오늘은 채강이를 만나야 한다. 저녁때 문자를 보냈다.

─지난번에 말했던 돈 필요한데…….

─미쳤냐? 왜?

─지금 나와. 말해 줄게.

이젠 하루하루가 겁난다. 더 시간을 끌면 안 된다. 채강이와 둘이서 해결해야 한다.

"야, 너 그동안 왜 나 피했어? 문자도 씹고."

채강이가 기분 나쁜 표정으로 물었다.

"그런 거 묻지 말고 나 지금 심각하거든. 채강아, 지금부터 내 얼굴 보지 말고 앞만 보고 내가 하는 말 들어."

"너 웃긴다. 그 심각한 표정은 또 뭐야?"

"나 임신했어."

"뭐! 지, 진짜야?"

"응. 나 그동안 너무 막막해서 말을 못 했는데 이젠 어쩔 수가 없어."

"그럼, 어떡해?"

채강이의 목소리가 떨리기 시작했다.

"돈도 있어야 하고, 보호자 동의도 있어야 병원에서 수술해 준대."

"돈? 아…… 그 문자."

채강이의 목소리가 젖어 들었다.

"미안해……."

"야, 그딴 말 말고……. 돈 구하고 나서 얘기해."

왜 그런지 몰라도 채강이에게 눈물을 보이기 싫었다. 나는 그대로 일어나서 집으로 뛰어왔다. 정말이지 비극은 소설이나 연극 속에서 일어나는 것만은 아니다. 이제 내가, 아니, 우리 둘이 비극의 주인공이 된 거다. 그러나 더 이상 연기로만 끝날 수 없는 현실이 내 숨통을 조이고 있으니 슬플 뿐이다.

참 이상하다. 걱정은 태산인데 잠은 여름날 소낙비처럼 쏟아져 내린다.

"아유, 방학이라고 마냥 퍼져 있네. 요즘 책 보는 것도 못 보고 만날 잠이나 자고."

또 자다가 들켰다. 엄마가 들어오기 전에 일어나려고 했는데.

"아파서 그래."

"어디가? 아프면 왜 전화 안 했어?"

"전화하면 뭐 해? 엄마 가게에서 일하는데."

엄마의 잔소리가 이어지기 전에 얼른 방에 들어와서 또 누웠다. 온갖 생각들이 내 머릿속에서 올챙이처럼 바글거렸다.

"엄마, 나…… 어떡해. 엄마…… 엉엉엉……."

슬피 울고 있는 내 목소리가 귓가에 들렸다. 깜짝 놀라 눈을 번쩍 떴다. 꿈속에서 어찌나 슬피 울었던지 눈가에 눈물이 홍건했다. 눈을 떴지만 한참 동안 정신이 멍했다. 어떻게 해야 하나? 엄마한테 말할 수밖에 없다. 정말 미안하고 죄송하지만 엄마밖에는 없다. 일어나 조용히 방문을 열고 바깥 동정을 살폈다.

"좀 어때?"

엄마가 눈을 텔레비전에 고정한 채 물었다.

"응, 좀 괜찮아. 그런데 엄마?"

"갈치조림 해 놨으니까 밥 먹어."

"엄마?"

"가만히 있어 봐. 세상에, 인간이 저러면 안 되잖아. 어머, 어머, 뻔뻔하게……."

감성적인 우리 엄마가 저렇게 연속극에 빠져 있을 땐, 무슨 말을 해도 관심이 없다. 비장한 결심을 하고 나온 이 딸의 얼굴도 한 번 안 쳐다보는 엄마가 정말 야속했다. 그러나 어쩔 수 없다. 나는 엄마를 물끄러미 바라보다가 식탁에 가서 밥을 차렸다. 입속으로 넘어가는 밥알이 모래 같다.

아침 일찍 채강이에게 문자를 보냈지만 답장이 없었다. 전화를 했다.

─전화기가 꺼져 있어 연결할 수 없습니다.

이런 나쁜 놈! 결국 날 배신한다 이거지. 비겁한 놈! 너무 화가 나서 몸이 부들부들 떨렸다. 그래도 난 채강이를 믿었다. 그래, 이 나쁜 놈아. 내가 배불뚝이가 되어서 학교에 가면 꼴좋겠다. 이 뱃속에 있는 아기 아빠가 너 임채강이라고 나팔을 불어 줄게. 네가 나를 배신하면 나도 가만히 안 있을 거야. 꼭 복수하고 말 거야. 나는 뽀도독 소리가 나도록 이를 깨물었다.

"어머, 정말 채강이 그 새끼 나쁜 놈이다. 어떡하냐? 하연아, 그래도 걱정 마. 나도 돈 모아 볼 테니까. 아니야, 우리 채강이 엄마한테 말해 버릴까? 자기 아들이 일을 저질렀으면 책임져야지."

"그건 안 돼. 너도 현규 엄마한테 당해 봤잖아. 오히려 나를 나쁜 애라고 야단할걸. 그러다가 우리 엄마까지 알게 되면 큰일 나."

다음 날도 채강이에게서 연락이 없었다. 이 새끼 잡히기만 하면 죽여 버릴 테다. 나는 채강이가 준 물건들을 다 끄집어냈다. 꼴도 보기 싫어서 몽땅 쓰레기봉투에 쓸어 담았다. 그리고 바깥 폐기물

쓰레기통에 갖다 버렸다. 그래, 이것으로 너하고는 끝이다. 잘 먹고 잘 살아라. 나쁜 놈아. 두 눈에서 하염없이 눈물이 흘러내렸다.

며칠이 지난 후, 진아에게서 전화가 왔다.
"야, 채강이 걔 돈 구하려고 그동안 소식이 없었나 봐. 밤낮으로 알바한대."
"알바?"
"응, 어젯밤에 우리 아파트에 전단지 붙이고 있더라. 알바 두 탕씩 뛴대. 낮엔 주유소에서 일하고 밤엔 전단지 붙이고."
"치. 알바해서 얼마나 번다고!"
불쑥 말을 뱉고 보니 너무 성급했단 생각이 들었다. 채강이 마음도 모르고. 임채강 미안하다. 난 원래 이런 애야. 성급하고 속 좁고······. 그러나 알바해서 어떻게 그 많은 돈을 구하니? 난, 너만 믿고 마냥 기다릴 수가 없어.

나는 새로운 돌파구를 찾기 위해 안방을 샅샅이 뒤졌다. 엄마 아빠한테는 미안한 일이지만 돈을 훔쳐서라도 병원에 가야 한다. 이렇게 내 인생을 끝낼 수는 없다. 아빠 통장과 도장을 찾아서 곧바로 은행에 갔다.
"비밀번호를 누르세요."

"예, 비밀번호요?"

은행 직원이 이상하다는 눈빛으로 나를 쏘아보았다. 나는 얼굴을 붉히며 은행에서 나왔다. 그동안 은행에 돈을 찾으러 온 적이 한 번도 없으니 이런 걸 알 수 있나, 헛똑똑이 정하연. 그렇다고 엄마한테 뜬금없이 비밀번호를 물어볼 수도 없고……. 아라비아 숫자 몇 개가 원망스럽다.

"하연아, 이거면 많이 부족하지?"

다음 날, 진아가 자기 통장에서 다 털어 왔다며 팔만 오천 원을 가져왔다. 턱없이 부족한 액수다. 이건 정말 최악의 상황이다. 평소에 용돈이라도 조금씩 모아 둘걸. 난, 그동안 다른 애들처럼 용돈을 정해서 받지 않았다. 그때그때 필요하면 엄마한테 손을 내밀었고 엄마도 내가 필요한 만큼 돈을 주었다.

"죽어 버릴까?"

"야, 너 미쳤어. 어떻게 그런 소릴? 누구나 실수할 수는 있는 거야. 한 번 실수로 죽는다는 건 말도 안 돼. 너 다시 그딴 소리 하면 정말 나 화낼 거다."

진아가 얼굴이 빨개져서 돌아섰다.

이튿날, 채강이에게서 문자가 왔다.

─하연, 지금 나와.

채강이 얼굴이 많이 상해 보였다. 눈에는 핏발이 붉게 서 있었다. 우리는 사람들이 뜸한 개천가로 내려갔다.
"야, 알바한다고 말을 해야지. 얼마나 미워했는데……."
"이거면 됐지?"
채강이가 돈봉투를 내밀며 인상을 그었다.
"미안해. 힘들었지?"
"아, 몰라. 정말 골치 아파 죽겠네."
채강이가 귀찮은 듯 고개를 흔들며 말했다. 뭐야, 나도 그동안 얼마나 힘들었는데……. 나쁜 녀석! 나는 동정을 구하는 거지가 아니란 말이야. 손에 들었던 봉투를 팽개치고 녀석에게 달려들었다.
"뭐, 골치 아파, 이 나쁜 새끼야?"
"그래, 때려. 나도 미치겠어!"
"죽어. 죽어, 이 나쁜 새끼야!"
주먹으로 녀석을 마구 때렸다. 이런 굴욕은 없었다. 이 나쁜 놈이 내 자존심을 이렇게 짓밟아 버리다니……. 미칠 것처럼 화가 끓어올랐다.

"나쁜 놈아, 네가 이렇게 나오면 나 아기 낳을 거야. 그래서 임채강 애라고 동네방네 떠들고 다닐 거야."

"에이 씨……. 네 맘대로 해. 나, 콱 죽어 버릴 테니까."

채강이가 주먹으로 눈물을 훔치며 돌아서더니 뛰기 시작했다.

"야, 이 개자식아, 잘 가라."

이럴 때 영화에서처럼 비라도 확 쏟아졌으면 좋겠다. 천둥과 번개도 같이 내리치면 더 좋겠다. 그리고 난, 흔적 없이 폭삭 땅속으로 들어갔으면 좋겠다. 땅바닥에 떨어진 봉투를 집어 들었다. 정말 치사하지만 어쩔 수 없다. 목구멍에서 올라오는 소리를 삼키려고 눈을 부릅뜨고 걸었다.

진아를 만났지만 채강이 녀석이 날 귀찮아하더라는 소리를 차마 하지 못했다. 남자애한테까지 버림받았다면 정말 정말 자존심이 상할 것 같아서.

"걔 이 돈 다 알바해서 벌었대? 임채강 보기보다 대단하다. 어쩜 알바할 생각을 다 하고……. 정말 책임감 강하다. 그런데 하연아, 아무래도 이제는 너희 엄마한테 말해야 하는 거 아니야? 보호자가 있어야 하잖아."

진아가 안타까운 표정으로 말하며 다시 한번 다짐을 받았다.

"하연아, 알았지? 오늘은 엄마한테 꼭 말해. 약속하는 거다. 응?"

그래, 오늘 저녁에는 말하자. 집으로 돌아와서 욕조에 물을 가득 받았다. 이 세상에 와서 빛도 보지 못하고 사라지는 뱃속의 아기를 위해서 뭔가를 하지 않고는 견딜 수 없었다. 나는 옷을 벗고 물속에 몸을 담갔다. 그리고 어떤 경건한 의식을 치르듯 오래오래 몸을 닦았다. 손바닥으로 물을 떠서 배에 끼얹었다. 아가야, 미안해! 정말 미안하다. 꽃봉오리처럼 맺힌 검붉은 젖꼭지와 검게 드러난 임신선을 보니 울컥 울음이 치받쳤다. 이 아기도 좋은 엄마를 만났으면 축복 속에 태어나서 행복하게 잘 살았을 텐데……. 아가야, 미안해. 우린 곧 헤어져야 해. 정말 미안해! 나는 샤워기에서 떨어지는 거센 물줄기를 맞으며 꺽꺽 울었다.

얼마쯤 잤을까? 핸드폰이 연신 울렸다. 울다 지쳐서 방에 들어와 누웠는데 깜빡 잠들었던 모양이다. 이미 해가 저물고 방 안이 캄캄했다.

"하연아, 놀라지 마. 아빠가 좀 다쳐서 병원에 있어. 엄마가 또 연락할 테니까 그렇게 알아."

"엄마?"

이미 전화는 끊어졌다.

일어나 거실로 나갔다. 집 안이 캄캄했다. 방마다 돌아가며 전

등 스위치를 켰다. 혹시, 아빠가 또 술 마시고 운전했나? 오늘 아침에 아빠는 차를 가지고 출근했다. 엄마가 말렸지만 저녁에 상갓집에 가는데 운전한다는 핑계로 술을 마시지 않겠다고 하면서. "엄마, 아빠 차 가져가라고 해. 술 안 마시려고 그런다잖아. 지난번에 음주 운전 하다 면허 정지당하고 새 면허 딴 지 얼마나 됐다고 또 그러겠어."

나도 아침에 아빠 편을 들었다. 아빠는 내가 가출했던 이후로 술을 조금씩 마시기는 했지만 그래도 전보다는 많이 나아졌다. 하긴, 그것도 엄마가 "당신 때문에 수연이 저렇게 됐는데 하연이마저 잘못되면 그땐 끝장"이라고 엄포를 놓았기 때문이지만. 어쨌든 나도 요즘 아빠가 변해 가고 있다고 믿었다. 그런데 아빠가 또 사고를 당했다면……. 정말 아빠도 할아버지처럼 평생 그렇게 사는 걸까? 그런데 왜 하필 오늘이람? 하루 종일 얼마나 마음 졸이며 엄마를 기다렸는데……. 정말 내 인생에 아빠라는 인간은 도움이 안 된다.

"하연아, 사고가 났어. 어쩌면 좋냐?"

저녁 늦게 집에 돌아온 엄마 얼굴이 하얗게 질려 있었다.

"사고? 무슨 사고?"

엄마의 퀭한 눈에서 두 줄기 눈물이 흘러내렸다.

"바보처럼 울지만 말고 말을 해 보라니까."

엄마는 바짝 마른 입술로 내 눈을 바라보았다.

"하연아, 너 놀라지 말고 들어."

"알았어. 빨리 말해 봐."

"아빠가 집에 오는데 어떤 노인이 찻길에 뛰어들어서……."

"그래서, 많이 다쳤어? ……죽었어?"

엄마가 고개를 끄덕였다. 나는 순간 숨이 멎는 것 같았다.

"그래서, 그래서 아빠는?"

"경찰서에……."

"뭐?"

눈앞이 아득해졌다. 아빠가 사람을 치여 죽였다! 어떻게 이런 일이!

그날 저녁 엄마는 한숨으로 밤을 지새웠다. 나는 그런 엄마를 보는 게 고통스러워 방 안에서 꼼짝도 하지 않았다. 정하연, 넌 정말 저주받은 아이야! 왜 하필 오늘 이런 일이!

　하연아, 엄마 경찰서에 간다.

아침에 일어나니 엄마가 남긴 메모가 식탁 위에 놓여 있었다.

혼자서 꾸역꾸역 밥을 먹었다. 배가 자꾸 꿈틀거렸다. 낮잠을 자려고 해도 눈뿌리가 아파서 잠도 오지 않았다.

"어쩌냐? 음주 운전이라 보험 처리도 안 되고 저쪽에서는 합의금으로 일억을 요구하고 있으니. 일억이 사람 목숨과 비교하면 아무것도 아니지만 당장 그만한 돈이 있어야 말이지."

"만약 합의금을 못 해 주면 어떻게 돼?"

"그럼 아빠가 교도소에 가서 살아야지, 뭐. 그것도 말이 안 되고."

엄마의 얼굴이 하루 사이에 반쪽이 되었다. 애를 쓰는 엄마 얼굴을 더 지켜볼 수 없어서 밖으로 나왔다. 버스를 타고 아빠가 있는 경찰서로 갔다. 면회를 신청해 놓고 앉아서 기다리는데 속에서 자꾸만 화가 치밀었다. 그러나 막상 아빠를 보니 눈물이 핑 돌았다.

"아빠, 괜찮아?"

"응, 하연이구나. 혼자 왔어?"

"이게 뭐야? 이제 우린 어떡해?"

내가 원망스럽게 쳐다보자 아빠가 눈길을 돌리며 말했다.

"하연아, 넌 걱정하지 말고 공부해. 어떻게 되겠지."

저 무책임한 말! 식구들을 보이지 않는 불안에 늘 떨게 하고, 엄마를 악다구니 아줌마로 만들고, 수연 언니를 밖으로 내몬 게 바로

저 "어떻게 되겠지"라는 말이다. 정말 한심하다. 아빠, 우리 집 가장 맞아? 정말 속이 터질 것 같다.

"뭐야. 이렇게 해 놓고 어떻게 공부하란 말이야. 정말 아빠 왜 그래? 도대체 왜 그랬느냐고?"

나도 모르게 울부짖었다. 아빠가 고개를 푹 숙였다. 나는 더 이상 아빠를 마주 보고 있을 수 없어서 그대로 밖으로 뛰쳐나오고 말았다. 도로를 질주하는 수많은 자동차의 불빛이 내 눈물 속으로 마구 쏟아져 들어왔다.

9

 길가에 고양이 한 마리가 죽어 있다. 차에 치인 모양인지 내장이 으깨어진 채로 처참하게 널브러져 있다. 그 모양을 보니 성교육 시간에 보았던 영상의 장면이 눈앞에 떠올랐다. 뱃속에 있는 태아를 기계로 꺼내는……. 토가 치밀어 올라왔다. 머리를 흔들며 떠오르는 장면을 지우려고 눈을 감고 걸었다. 멀미가 나듯이 속이 울렁거리고 목구멍이 따가웠다. 이래도 되나? 나를 믿고 찾아온 새싹 같은 생명인데……. 이다음에 후회하지 않을까? 아니야. 이건 어쩔 수 없는 선택이야. 난 아직 어려. 내가 만약 아기를 낳는다면 아이가 아이를 낳는 거야. 우습잖아. 비록 이것이 잘못된 결정이라도 난 지금 어쩔 수 없어. 이 길밖에는. 나는 숨을 깊이 들이마시고 눈을 번쩍 떴다.

산부인과 앞에서 진아를 만나기로 약속했다. 내 속에서 두 마음이 싸우는 소리가 계속 들렸지만 어금니를 꽉 깨물며 외면했다. 진아가 오면 슬프지 않게 억지로라도 웃어야지. 입을 오물거리며 얼굴 근육을 풀고 웃는 연습을 했다. 그런데 버스에서 내려 이쪽으로 걸어오는 애는 진아 혼자가 아니었다. 나는 깜짝 놀라 돌아섰다. 진아 옆에서 바지 주머니에 손을 넣고 휘적휘적 따라 걷는 애는, 채강이었다.

"하연아?"

내 옆에까지 다가온 진아가 어깨를 툭 치며 불렀지만 나는 그대로 돌아서 있었다.

"하연아, 어쨌든 반쪽 책임은 채강이가 져야 하잖아. 그래서 내가 데려왔어. 이제 너희 둘이 알아서 해. 난 간다."

진아가 단역 배우처럼 짧은 대사를 읊조리고는 총총히 사라졌다. 채강이가 땅바닥을 내려다보며 말했다.

"같이 가자!"

"싫어, 이 나쁜 놈아!"

내가 노려보며 욕을 하자 채강이가 인상을 푹 찌푸리며 말했다.

"씨, 같이 갈 거야, 말 거야?"

나쁜 녀석. 그래, 어디 너도 당해 봐라. 병원에 가는 게 얼마나 창피하고 겁나는지. 네가 지켜보는 앞에서 시뻘건 핏덩이가 조각 조각 뜯겨지는 꼴을 보여 줄 테다. 끓어오르는 화를 참으며 나는 앞장서서 병원을 향해 걸었다. 뒤에서 녀석이 따라 걸어오는 소리가 들렸다. 다행히 의사가 나를 기억하고 있었다. 의사가 채강이의 아래위를 쓱 훑어보았다. 채강이가 얼굴을 붉혔다.

"보호자와 함께 와야 하는데. 어디 보자. 이젠 수술을 하기엔 곤란한데. 수술은 적어도 12주 전에는 해야 하는데 너무 많이 지났네."

"안 돼요, 선생님. 수술 좀 해 주세요."

나는 급한 마음에 의사 앞으로 바짝 다가앉으며 애원했다.

"학생들이 무조건 수술만 하면 되는 줄 아는데, 그게 아니야. 낙태 수술은 아주 위험한 거야. 어린 학생들은 몸이 덜 자랐기 때문에 자궁을 무리하게 열면, 자궁이 찢어지거나 구멍이 나기도 해. 만약, 그런 일이 생기면 배를 열고 대수술을 할 수도 있어. 이런 위험한 수술을 보호자 동의 없이는 할 수가 없지."

"흐흑, 어떡해요, 선생님."

"자, 이리 와서 누워 보자."

의사가 투명한 액체를 내 배에 발랐다. 그리고 도구로 배를 문지르며 옆에 있는 화면을 가리켰다.

"잘 봐. 지금 아기 모양이 보이지. 이게 아기 얼굴이고, 벌써 눈, 코, 입, 귀가 다 생겼어. 여기 아기 심장 뛰는 거 보이지? 아주 건강하네."

아기 모습을 직접 보니 가슴이 먹먹했다.

"수술하면 평생 죄책감에 시달릴 수도 있어. 또 잘못되면 불임이 되어 아기를 낳지 못할 수도 있고. 내 생각엔 학생들이 평생 마음의 짐을 지고 사느니 먼저 부모님과 의논해서 신중히 결정해야 할 것 같은데. 보자, 이제 곧 9월이 되니까 한 4, 5개월만 참으면 겨울방학에 아기를 낳을 텐데."

채강이와 난 병원을 나와서 말없이 걸었다.

"아기 심장 뛰는 거 보이지?"

의사의 말이 자꾸만 귓가를 맴돌았다. 힐끗 옆을 쳐다보니 채강이 얼굴 표정이 세상의 모든 고통을 쏟아부어 놓은 듯 일그러져 있다. 그 모습을 보니 병원에 가기 전에 속에서 올라오던 독기가 순식간에 사라지고 채강이가 한없이 불쌍하게만 보였다. 우린 말없이 걸었다. 저녁 하늘이 불그죽죽하다. 해가 빌딩 꼭대기에 찔린 모양이다. 인간들이 건물을 지어도 어지간히 높게 지어야지. 그래, 미리 낙하산을 준비해 둬야 한다. 언젠가 지진이 나서 저놈의 빌딩

들이 무너지면 나 혼자 낙하산을 타고 탈출해야지. 시멘트 더미에 깔려 아우성치는 인간들에게 짠한 웃음을 날리면서. 나도 모르게 적개심이 일면서 입가에 냉소가 지어졌다.

"하연아, 나 오늘 집에 들어가기 싫다. 나랑 얘기 좀 할래?"

채강이가 멈춰 서더니 찜질방을 가리키며 말했다. 그러고 보니 우린 너무 많이 걸었다. 그래, 지난번 일은 용서가 안 되지만 일단 둘이서 이야기해 보자. 바보같이 나 혼자 책임을 떠맡을 필요는 없다. 진아 말처럼 이 녀석에게도 반쪽의 책임은 있으니까.

평일 저녁이어서 그런지 찜질방에는 사람들이 그리 많지 않았다. 진아네 집에서 자고 간다고 엄마한테 전화한 후 우린 통나무방에서 눈을 꼭 감은 채 벽에 기대앉았다. 정말 피곤하다. 눈을 떠도 눈을 감아도 어두운 장막에 갇혀 있는 것처럼 답답하다. 의사가 아무리 그래도 난 아기를 낳을 수 없다. 내 인생을 이렇게 끝낼 순 없으니까. 그런데 정하연, 왜 아기를 낳으면 끝난다고 생각하니? 뭐야? 어쩌라고? 내 속에서 꼬박꼬박 되받아치는 넌 뭐야?

"야, 어떻게 할 거야?"

내가 먼저 입을 열었다. 내 소리에 채강이가 눈을 뜨고 물끄러미 내 얼굴을 쳐다보았다.

"어떻게 해야 되냐고?"

채강이가 다시 눈을 감았다. 한심한 녀석!

저 얼빠진 녀석을 믿고 있을 수만은 없어서 나는 컴퓨터 앞으로 갔다. 일단은 인터넷에서 정보를 찾아봐야 할 것 같았다. 무엇보다 보호자를 찾아야 한다. 그래야 다시 병원에 가서 수술을 해 달라고 할 수 있다. 검색창에 '보호자를 찾습니다'라고 쳤다. 나오는 것은 강아지와 새끼 고양이들의 보호자를 찾는 애달픈 사연뿐이다. 하긴, 어린 동물들도 나처럼 보호자가 절실히 필요하겠지.

언제 왔는지 채강이가 등 뒤에 서서 내 어깨를 잡고 말했다.

"하연아, 우리 아기 키울래?"

"갑자기? 날 거지처럼 취급할 때는 언제고……. 그럼 너, 학교 때려치우고 돈 벌어야 해."

채강이가 하아, 한숨을 내쉬며 허공을 올려다보았다.

"하연아, 정말 어떡해야 하니?"

"뭐, 낳아서 키우자며? 네가 돈 벌고 난 아기 키우고 딱 됐네."

"야! 너, 정말…… 하연아, 너희 엄마한테 얘기해."

"안 돼, 우리 집 지금 아빠 때문에 난리도 아니야. 엄마한테 말했다간 줄초상 나."

"그럼, 우리 엄마한테 얘기할까?"

"야, 그건 정말 안 돼. 그럼 나 쪽팔려서 죽을 거야."

"진짜, 미치겠네. 왜 우린 이렇게 어린 거야!"

채강이가 울먹이며 나를 끌어안았다. 채강이 가슴에서 공포와 두려움에 팔딱거리는 심장 소리가 들렸다. 그 소리를 들으니 채강이를 미워했던 마음이 순식간에 사라졌다. 우린 슬픈 짐승처럼 말없이 서로를 안아 주며 밤을 지샜다.

엄마가 집을 팔려고 내놓았다.

"생각할수록 분해 죽겠네. 이 집을 내가 어떻게 해서 마련했는데……. 죽일 놈의 인간!"

단칸방에서 시작하여 그야말로 허리띠를 졸라매고 절약해서 십이 년 만에 마련한 집, 그것도 아직 갚아야 할 대출금이 남아 있는 집을 팔아야 하는 엄마는 요즘 제정신이 아니다. 날마다 한숨과 눈물로 밤을 지새운다. 이런 엄마 옆에 있으면 나도 돌아 버릴 것 같다. 정말 죽고 싶다. 그래, 맨정신으로는 죽을 수 없으니까 차라리 독한 술을 마시고 창밖으로 뛰어내리든지, 손목을 그어 버리든지. 아빠가 뒷 베란다에 사다 놓은 소주가 생각났다. 소주를 물컵 가득 따랐다. 한 모금 홀쩍 마셨다. 뱃속이 전기에 감전된 듯 찌르르했다. 아가야, 미안하다. 눈을 질끈 감았다. 연거푸 몇 모금을 마셨다. 옷을 걷어 올리고 배를 내려다보았다. 아가야, 참, 너도 불쌍하다. 왜 많고 많은 사람들 중에 하필 내 뱃속이냐? 미안하다. 미안해. 죄 없는 네가 나 때문에……. 그래도 아가야, 모든 건 죽으면 끝이야. 창자가 마비된 듯 꼿꼿하게 서면서 뱃속에서 불이 났다. 나머지 술은 병째로 마셨다. 이렇게 해서 정하연의 십칠 년이 끝장나는구나. 흐흐흐. 씨발, 개 같은 내 인생. 그래, 내가 원해서 이 세상에 온 것도 아닌데 이대로 죽는다고 억울할 것도 없다. 내일 아침 조간신문에 '여고생 투신자살', 아니 '임신한 학생 비관 자살'이든지, 그래 너희 마음대로 카피 뜨고, 너희 마음대로 개구라를 쳐라. 죽은 시체는 말이 없을 테니까. 흐흐흑……. 그러나 마지막으로 아가야, 내 아가야, 정말 미안하다. 용서해 줘.

"아니, 이 계집애가! 야, 너 술 마셨어? 잘하는 짓이다. 애비 딸이 이젠 술꾼으로 나섰구먼."

엄마가 나타나 아프게 등짝을 내리쳤다. 죽여 주세요, 엄마, 더 마구마구 때려도 괜찮아. 난 차라리 엄마 손에 맞아 죽었으면 좋겠어. 엄마가 날 낳았잖아. 그러니 엄마 손으로…….

"이놈의 계집애, 꼴도 보기 싫어. 빨리 안 들어가!"

엄마가 나를 확 밀쳤다. 내 몸이 휙 날아서 내 방 문 앞에 나가 떨어졌다. 히히힛, 엄마한테 하고 싶은 말은 속에서 끓어오르는데 자꾸 헛웃음만 나왔다.

"내가 참 살다 살다 기가 막혀서! 저놈의 계집애를 내가 오늘 그냥……."

분을 못 이긴 엄마의 숨소리가 거칠게 공기를 몰아쳤다. 나는 버둥거리며 일어나 방으로 들어갔다. 입술이 터졌는지 입가가 찝찔했다. 문을 잠갔다. 어떻게 죽지? 엄마 나 죽으려고 하는데 어떻게 죽으면 될까? 죽어야…… 내 머릿속에서 돌아가던 필름이 끊겼다 이어지고 또 끊겼다 이어지더니 어느 순간에 뚝 끊겨 버리고는 그대로 곯아떨어졌다.

얼마쯤 잤을까? 목이 말라 일어나 보니 엄마가 소파에서 웅크린 채 잠들어 있었다. 김영옥과 딸 정하연 정말 처량하다. 조심스레 물 한 컵을 마시고 들어와 다시 누웠다. 머리가 깨질 것처럼 아프고 속도 쥐어짜듯 아팠다. 뭘 좀 먹으면 나을 것 같아서 밥통을 열어 보니 밥풀만 몇 개 붙어 있고 빈 솥이다. 냉장고를 열어 보니 우유도 떨어졌다. 하는 수 없이 물을 끓여 컵라면을 먹었다. 후루룩거리며 컵라면을 먹다가 생각해 보니 정말 나 자신이 한심하기 짝이 없었다. 죽으려고 발광하던 인간이 살겠다고 이렇게 라면을 먹고 있으니. 아이 씨, 그런데 아까 문에 박아서 터진 입술이 따가워 미치겠네.

─자니, 안 자면 지금 나올래?

지금 몇 시야? 새벽 3시네. 얘가 이 오밤중에 웬일이지? 엄마가 깰까 봐 조심조심 현관문을 열고 나왔다. 1층에서 채강이가 기다리고 있었다.

"하연아, 잠이 안 와. 멀리 도망치고 싶어. 우리 아기 낳아서 키울래? 병원에서 초음파로 본 아기 모습이 자꾸 어른거리고……. 인터넷에 찾아보니까 의사 선생님 말대로 지금 수술하는 건 정말 위험하대. 나, 정말 학교 그만두고 돈 벌까? 우리 둘이 멀리 가서 같이 살래?"

내가 술을 마시고 죽을 생각을 하고 있을 때, 채강이도 고민에 휩싸여 있었던 모양이다. 애가 며칠 새 무척 여위어 보였다. 그 멀끔하던 얼굴이 검게 쪼그라들고 목소리엔 힘이 하나도 없었다.

"그럴까?"

내가 부어오른 입술을 만지며 쓸쓸하게 웃자 채강이가 짜증을 냈다.

"야, 난 지금 심각하게 말하는데…….."

"그럼, 나보고 어쩌라고! 나도 그럴 수만 있다면 낳아서 키우고 싶어. 그런데 그게 말이 되니!"

나도 지금 내 뱃속에서 움직이는 이 아기를 없애고 싶지 않아. 나도 초음파로 본 아기 모습 때문에 괴롭다고! 내가 오죽했으면 죽으려고 소주까지 마셨겠니!

"어쨌든 계획은 차차 세우고, 수술을 피할 방법을 찾아보자. 정말 미칠 것 같아. 하연이 네 몸도 너무 걱정되고, 병원에서 본 그 사진 때문에 잠을 잘 수가 없어. 눈을 감으면 아기가 보이는 것 같아······. 하연아, 내가 무슨 말 하는지 알지?"

"수술을 피할 방법? 뭐가 있을까? 일단 도망이라도 가서 아기를 낳고 다시······. 그런데 어디로 도망가지. 하, 왜 이리 자꾸 막히냐?"

"생각해 봤는데 일단 집에서 돈을 훔칠 거야. 나중에 벌어서 갚으면 되지 뭐. 알바도 계속할 거고. 그래서 널 위해······."

우리 둘은 새벽이슬이 머리 위에 함초롬히 내릴 때까지 무거운 근심에 싸여 이야기를 했다. 그러나 어떤 결론도 내리지 못하고 머리가 터지도록 고민만 하다 헤어졌다. 그러나 채강이와 나의 의지가 강하다면······ 아기를 낳을 수도 있을 것 같다는 희미한 희망의 줄 하나를 잡은 듯한 어설픈 예감도 들었다.

"어디를 싸돌아다니다가 이제 들어와! 이놈의 집구석, 애비나 딸년들이 나를 말려 죽이려고 작정을 했어. 작정을!"

엎친 데 덮친 격이다. 왜 이렇게 뭐가 자꾸 꼬일까? 자는 줄 알았던 엄마가 깨서 줄곧 걱정을 하고 있었던 모양이다. 그냥, 고이 주무시지…… 딸을 왜 저렇게 못 믿을까? 엄마 눈이 붉게 충혈되어 있는 것을 보니 또 회오리바람이 한바탕 불어올 것 같다.

"왜, 핸드폰을 안 갖고 나가. 어디 있다가 지금 들어와. 말을 해, 말을……."

엄마가 벌떡 일어나더니 다짜고짜 내 어깨를 틀어쥐고 악을 써 댔다.

"내가 죽어야지. 이젠 징글징글해서 못 살겠다. 더는 못 살아."

엄마가 내 어깨를 손바닥으로 때리며 소리쳤다. 엄마 손을 피하려다 입술에 받혀 피가 났다. 난 엄마 손을 뿌리치고 방으로 들어와 터진 입술을 휴지로 덮고는 그대로 쓰러졌다. 머리가 징을 맞아 조각조각 깨어지듯이 아프다. 억지로라도 자야 한다. 그렇게 애를 쓰다 잠들었다.

얼마나 잤는지 창문으로 해가 들어와 얼굴이 화끈거렸다. 식탁에 밥상이 차려져 있었다. 나는 밥 두 공기를 먹고는 하루 종일 또 잤다.

"세상에, 상도 안 치우고 이게 뭐야? 밤에는 싸돌아다니고 낮엔 엎어져 자고, 대체 집안 꼴이 이게 뭐야? 내가 못 살아."

엄마가 악쓰는 소리에 놀라서 벌떡 일어났다.

"왜 소리를 지르고 난리야?"

"지금 내가 소리 안 지르게 됐어? 부동산에서 집 본다고 사람을 데려온다는데 집안 꼴이 이게 뭐야! 먹고 설거지도 안 하고 식탁 위에 반찬은 그대로 벌여 놓고……. 아유, 내가 못 산다. 못 살아."

"집 안 팔면 되잖아. 그 인간, 감방에서 죽으라 그래."

"저 계집애, 말하는 것 좀 보게. 그래도 애빈데…… 죽으라고…… 에라, 이 인간아."

"그래, 난 나쁜 애야. 그러는 엄마 아빠는 나한테 뭘 해 줬어? 만날 술이나 처마시고 소리나 지르고……."

제정신이 아니었다. 어디서 그런 힘이 솟았는지 나도 모르게 악을 쓰고 엄마한테 달려들었다. 엄마는 분을 참지 못하고 내 어깨를 마구 휘어잡았다. 엄마 눈에 핏발이 섰다. 섬뜩했다. 엄마를 밀쳐 내고 집을 뛰쳐나왔다. 내 인생은 왜 이렇게 개 같냐? 모든 게 다 분하고 억울했다. 왜 날 낳았냐고, 이 더러운 세상에 어쩌다가 재수 없게 태어나서는!

밤길을 혼자서 정처 없이 헤매고 다녔다. 다리가 너무 아팠다. 채강이에게 전화할까? 아님 진아? 아니야, 차라리 지금 내 처지를 모르는 친구들한테 전화할까? 그럼 가출한 이유를 뭐라고 해야 하나? 공부를 안 해서 혼났다거나, 학원 가기 싫어서 땡땡이쳤다가 걸렸다거나. 아니면 그냥 재미 삼아, 마구 엄마 아빠를 씹으면서 웃을 수도 있겠다. 정말 그런 이유라면 얼마나 행복할까? 아, 이 넓고 넓은 하늘 아래, 마음 놓고 있을 곳도 없다니! 이제는 모든 것을 포기하고 싶은 마음뿐이다. 그래, 인생 별거냐? 정하연 너, 똑똑한 체하지 마라. 너는 별수 없는 고딩이고 네 힘으로 할 수 있는 건 아무것도 없다. 이게 바로 자포자기라는 거다. 나는 모든 게 귀찮은 마음에 일단 찜질방에 들어가 잠을 잤다. 이젠 내 몸의 에너지가 다 떨어졌는지 그저 피곤하다는 생각만 들었다. 될 대로 돼라! 아침에 일어나 찜질방 안에 있는 식당에 가서 미역국을 한 그릇 사서 밥을 말아 먹었다. 엄마 생각이 나서 걱정되었지만 집에 들어가면 또 싸우게 될 것 같아 들어가기도 무서웠다. 이제부터 어떻게 해야 하나? 그래, 김선영한테 또, 도움을 받자. 선영이에게 전화를 걸었다. 전화가 연결되지 않았다. 혹시나 하고 그때 선영이하고 같이 나왔던 애 번호로 전화했다.

"야, 나 또 집 나왔어."

나는 일부러 아무 감정이 섞이지 않은 건조한 목소리로 말했다.

"그래, 그럼. 이리로 올래?"

일단 그 애들이라도 만나서 이야기하고 싶었다. 그런데 나가 보니 전에 만났던 여자애 둘이 모르는 남자애 둘과 같이 나왔다.

"선영이는?"

"요즘 걔 아빠한테 엄청 쪼이나 봐. 핸드폰도 정지당하고."

키가 큰 여자애가 이 사이로 침을 찍 날리며 말했다. 나는 그 애들과 함께 피시방에 가서 놀다가 저녁때가 되어 분식집에 가서 라면을 사 먹었다.

"야, 우리 형들 집에 가서 놀자."

비쩍 말라 볼이 쏙 들어간 남자애가 말했다.

"형? 어디?"

어리둥절한 내 표정을 보고 옆에 있던 여자애가 이미 알고 있다는 듯 킥킥거리며 말했다.

"따라와 봐. 끝내주는 오빠들이야."

나는 아무것도 모른 채 그 애들을 따라갔다. 그 애들이 형네 집이라고 말한 곳은 텔레비전에서 보았던 쪽방이었다. 작은 알전구가 희미하게 비추는 복도를 지나자 고개를 숙이고 들어가야 할 정도의 낮은 천장과 사다리꼴 모양을 한 초라하기 이를 데 없는 방이 나왔다. 방 안에는 낡은 선풍기가 돌아가는데 머리를 뒤로 묶은 남자가 쪼그리고 돌아앉아 휴대용 가스레인지에다 라면을 끓이고 있었다. 방 안에서는 땀에 전 신발 밑창에서 나는 듯한 퀴퀴한 냄새가 코를 찔렀다.

"형들 다 어디 갔어요?"

우리와 같이 온 비쩍 마른 남자애가 라면을 끓이고 있는 남자 옆에 쭈그리고 앉으며 물었다.

"응, 오토바이 타고 있을 거야. 너희들 라면 먹을래?"

남자가 핏기 없는 얼굴로 히죽거리며 물었다.

"아니요, 우린 먹고 왔어요. 에이, 형들한테 오토바이 태워 달라 하려고 왔는데."

남자는 선풍기 앞에 앉아서 라면을 먹었고, 아이들은 좁은 방에 들어와 무릎을 세우고 눕거나 문지방에 앉은 채로 노래를 흥얼거렸다. 그래, 이 냄새나고 초라한 곳에서도 사람이 산다. 정하연, 가출했으면 이 정도는 각오해야지. 나는 다른 아이들처럼 태연해지려고 안간힘을 썼다. 그러다 보니 나도 모르게 조금씩 긴장이 풀렸다.

"야, 너 예쁜데!"

라면을 다 먹은 뒤 남자가 벽에 기대앉아 나를 빤히 보며 말했다. 나를 바라보는 남자의 눈길에 소름이 끼쳤다.

"야, 담배 좀 사 와라."

남자가 주머니에서 돈을 꺼내자 아이들이 재빨리 일어섰다. 나도 아이들을 따라 일어섰다.

"야, 쟤네들 갔다 오라고 하고 너는 있어."

남자가 나에게 앉으라는 손짓을 했다. 나는 남자의 손짓을 무시하고 겁먹은 표정으로 문 앞으로 다가갔다.

"야, 내가 겁나냐?"

"네? 저 갈래요."

"가긴 어디를 가?"

남자가 나를 확 잡아당겼다.

"살려 주세요. 저 가야 돼요."

둘이서 실랑이를 벌이는 사이에 아이들이 모두 달아나 버렸다.

"아저씨, 제발 보내 주세요. 네!"

내가 울며 사정하자 남자가 화내며 내 뺨을 힘껏 쳤다.

"이년이 재수 없게 울고 지랄이야. 야, 내가 뭐 너 잡아먹기라도 하냐?"

남자가 또 한 번 내 뺨을 후려쳤고 나는 옆으로 쓰러졌다. 눈알이 튀어나오는 것처럼 아팠다. 남자가 쓰러져 있는 나에게 다가와 겉옷 지퍼를 확 내렸다.

"뭐야? 너 임신했냐? 흐흐흐."

남자가 징그러운 웃음소리를 내며 내 배를 손으로 가리켰다.

"아저씨, 제발요. 살려 주세요. 네!"

내가 일어나려고 하자 남자가 한쪽 발로 내 가슴을 밟으며 말했다.

"너, 벌써 다 알고 있으면서 웬 내숭이야."

남자가 내 티셔츠를 걷어 올렸다. 그때였다. 나는 남자의 다리 사이에서 벌떡 몸을 일으키며 팔을 꽉 깨물었다.

"아, 아얏. 이년이!"

남자가 비명을 지르며 팔을 잡고 고꾸라졌다. 그 순간 나는 문을 박차고 뛰어나왔다.

"야! 너 오늘 죽었어!"

남자의 목소리가 뒤통수를 때렸다. 나는 정신없이 달렸다. 금방이라도 남자가 쫓아와 내 목덜미를 낚아챌 것 같아서 죽을힘을 다해 달렸다. 큰 차도가 보였다.

"택시, 택시……."

나는 차도에 내려서서 택시를 불렀다. 마침 지나가던 택시가 내 앞에서 끼익 소리를 내며 급정거했다.

"학생, 왜 그래?"

"아저씨, 빨리…… 가…… 빨…… 리…… 요."

택시 기사가 다급한 내 외침을 듣고 그대로 달리며 소리쳤다.

"무슨 일이야? 경찰서로 갈까?"

"아…… 아니……."

숨이 차서 대답할 수가 없었다. 고개만 가로저었다. 심장이 밖으로 튕겨 나올 듯이 아팠다.

"괜찮니? 숨을 천천히 쉬면서 좀 마음을 가라앉히고 진정해 봐."

기사 아저씨가 연신 백미러로 나를 힐끗거리며 안타까운 목소리로 말했다. 나는 숨이 좀 진정되자 바지 주머니에 있던 핸드폰을 꺼냈다.

─살려 줘.

떨리는 손가락으로 문자를 보냈다.

─어디야.

진아에게서 곧바로 답이 왔다.

"아저씨, 여기가 어디쯤이죠?"

아저씨가 차창 밖을 내다보며 대답했다.

"여기가 보자. 명인 네거리 삼경 제약 앞인데."

아, 어쩌지? 지갑이 겉옷 주머니에 있을 텐데. 나는 다급한 마음에 운전석으로 고개를 내밀며 소리쳤다.

"아저씨, 저 돈이 없어요. 여기서 내릴게요. 죄송해요."

아저씨가 화를 내며 야단칠 것 같아서 몸이 막 떨렸다.

"괜찮겠어? 여기서 내리면 되나?"

"친구가 올 거예요. 아저씨, 정말 죄송해요."

아저씨가 고개를 돌려 나를 한번 보더니 택시를 세웠다. 나는 연거푸 감사 인사를 하면서 택시에서 내렸다. 그제야 내가 맨발로 뛴 것을 알았다. 발에서 피가 흐르고 있었다. 나는 제약 회사 담벼락에 기대앉아서 바들바들 떨며 진아를 기다렸다. 배가 쏟아지는 것처럼 아팠지만 그 미친놈이 불쑥 나타날 것 같은 두려움에 숨을 제대로 쉴 수도 없었다.

얼마나 지났을까? 택시 한 대가 내 앞에 멈춰 섰다.

"하연아?"

진아가 소리쳤다. 채강이와 현규가 뒤따라 택시에서 내렸다.

"괜찮아?"

진아가 가까이 다가오자 난 진아 가슴으로 쓰러졌다. 사방에서 몰려오는 공포 때문에 온몸이 떨려서 일어설 수가 없었다. 채강이가 나를 업었다.

"어디로 가지?"

"우선 하연이 발부터 치료해야지. 어! 저 길 건너에 약국 보인다. 저리로 가자."

채강이와 현규의 말소리에 이어 진아의 목소리가 들렸다.

"아니야, 하연이 애, 몸이 심상치 않아. 이것 봐, 몸이 마구 떨리잖아. 어디 눕힐 곳이 없을까?"

"저기 모텔이 보이네. 그럼 일단 저리로 가 보자."

"우릴 받아 줄까?"

"사정해 봐야지. 자, 빨리 가자."

현규의 재촉에 나를 업은 채강이가 뛰었다. 온몸이 떨리고 머리와 귓속에서 웅웅거리는 소리가 나서 정신을 차릴 수가 없었다. 다행히 모텔에서 우리를 받아 주었다. 아이들은 나를 방에 눕히고는 약을 사 와서 내 발에 발라 주었다.

발에 붕대를 감은 채로 까무룩 잠드는데 아이들의 말소리가 귓가에 들려왔다.

"야, 어쨌든 하연이 혼자서 책임을 진다는 건 말도 안 돼! 채강이 너 이 새끼 너무했어. 진짜 죽도록 패 버리고 싶네."

"그래, 이현규, 나 좀 패 주라. 나도 실컷 얻어맞고 싶다."

"야, 그딴 소리 집어치우고 채강이 너하고 하연이가 아기 낳고 살면 안 되니?"

"야, 그게 현실적으로 가능해? 부모님들도 그렇지만 선생님들이랑 애들이 알면 얼마나 흉보겠냐?"

"그래도 본인들이 당당하면 되잖아!"

"진아 너라면 그렇게 당당할 수 있겠니?"

"어쨌든 이제 수술도 안 된다니까 방법이 없잖아. 하연이와 아기를 지켜야 해."

"야, 이현규. 이건 임채강 정하연 문제만이 아니야. 생명을 지키는 건 이 비밀을 알고 있는 우리 네 사람의 문제야. 그러니까 우리가 아기를 지키는 게 어때?"

"말도 안 돼."

"야, 왜 말이 안 돼. 내 말 들어 봐. 채강이가 알바해서 돈 번 것처럼 우리도 알바해서 돈 벌면 되잖아. 그래서 하연이 아기 낳을 때까지 우리가 돌보면 되잖아. 그렇지, 채강아?"

"나도 아기는 꼭 지키고 싶어. 지난번 병원에 다녀온 뒤로 수술을 선택한다면 평생 괴로워하며 후회할 것 같은 생각이 들어."

"그래, 우리가 지키자. 힘을 모으면 될 거야. 그리고 2학기 야자는 신청하지 말고 저녁에 알바하면 되잖아."

아니, 자기들이 뭔데 나와 아기를 지킨다고! 물론 고마운 건 알지만 내가 동정의 대상이 되는 건 싫다. 하지만 뾰족한 수도 없잖아. 어쨌든 아기는 책임져야 한다. 그렇다면 친구들의 도움을 거절할 처지가 아니지 않을까? 그럼, 애들 공부에 방해가 많이 될 텐데……. 아무리 생각해 봐도 역시 결론은 없다. 모르겠다. 그저 가는 데까지 헤쳐 나가는 수밖에는.

새벽에 눈을 떠 보니 아이들이 잠에 곯아떨어져 있었다. 채강이하고 현규가 한쪽에서 자고 진아가 내 옆에서 잤다. 그래도 친구들이 최고다. 알량한 자존심을 내세워 친구들을 질투하고 미워했던 나 자신이 부끄러웠다.

"야, 우리 다시 진지하게 의논해 보자."

햇반과 컵라면으로 아침을 때운 후 진아가 이야기를 꺼냈다.

"우리가 아기를 지켜 낼 수 있는 방법이 없을까?"

"말이 되는 소리를 해라. 우리 힘으로 되냐 그게? 학교는? 그리고 하연이가 어디서 어떻게 아기를 낳아?"

"아니야. 아니야. 내 생각에는 우선 채강이와 하연이가 결정을 해야 해. 야, 너희 둘 아기 낳을 거야, 안 낳을 거야?"

진아가 나와 채강이를 번갈아 보며 물었다.

"어젯밤에도 말했지만, 지금 수술을 하면 하연이가 위험하대. 내가 저지른 일이니까 난 꼭 아기를 지키고 싶어."

"그럼, 하연이 넌?"

"나도 낳고야 싶지……."

"그럼, 됐어. 일단 아기를 낳는 게 중요해. 현규 넌 어떻게 생각해?"

"아, 난 말이 안 되는 소리 같아."

"뭐가 말이 안 돼?"

"고딩이 어떻게 아이를 감당해……."

"그래. 현실적인 문제도 이제 생각해 봐야지."

다시 우리는 머리를 맞대고 의논했다. 진아의 적극적인 의지와 채강이의 열망을 들으면 희망이 솟아오르는 것 같다가도, 현규의 부정적인 반응과 맞닥뜨리면 바람 빠진 풍선처럼 절망 속으로 푹 꺼져 들어갔다. 아무리 생각해도 모든 게 다 불안할 뿐이다. 아기를 낳을 때까지 내가 있을 곳도 없고, 아기를 낳고 난 후의 일들도…….

"자, 됐어, 됐어. 하늘이 무너져도 솟아날 구멍이 있다잖아. 일단 우리가 한번 해 보는 거야. 친구 좋다는 게 뭐냐? 이럴 때 우리가 힘을 합쳐 친구와 아기를 지켜 내는 거지. 그러니까 하연이 넌 다친 발이 나을 때까지 여기서 좀 쉬어. 얘기 들어 보니까 너 집에 가 봐야 엄마하고 자꾸만 싸우다가 무슨 일 날 것 같아. 너희 엄마도 지금 너무 복잡하니까 엄마한테도 혼자서 정리할 시간을 좀 주는 게 좋을 거고."

진아의 판단에 채강이와 현규도 동의했다. 아이들이 떠나가고 혼자 남았다. 쓸쓸하고 외로웠다. 마치 우주 공간에 혼자 내팽개쳐진 것처럼.

10

배가 고프다. 텔레비전 위에 있는 중국집 메뉴판을 보고 전화를 걸어 자장면을 시켰다. 자장면을 나무젓가락으로 비벼 놓고 한 젓가락 집어서 입으로 가져가려는데 목이 메었다. 지금 뭐 하는 거야? 왜 내가, 내가 무슨 큰 죄를 지었다고! 젓가락 끝에 걸린 면발 사이로 눈물방울이 뚝뚝 떨어졌다. 어깨가 들썩거렸다.

"후루룩후루룩……."

면발을 말아서 입에 쑤셔 넣었다. 진짜, 정하연 웃기는 짜장이다. 누가 이런 내 모습을 본다면 웃겨서 죽을 거다. 크큭…… 히히…… 히이힛. 미친 애가 따로 없다. 울다가 웃다가…… 똥구멍에 털 나겠다.

저녁에는 일찌감치 볶음밥을 시켜 먹었다. 왠지 모르게 화가 나고 약이 올라서 씩씩거리고 툴툴거리면서도 밥 한 톨 남기지 않고 김치까지 싹싹 먹어 치웠다. 해거름이 되자 또 배가 고팠다. 아픈 발에 붕대를 두껍게 감고 밖으로 나갔다. 찻길 버스 정류장 옆에 작은 가게가 있었다. 초코파이 한 통과 우유를 샀다. 다리를 절룩거리며 천천히 걸었다. 잘 익은 사과 같은 붉은 해가 들판 너머로 막 떨어지고 있었다.

거울 앞에 앉아 초코파이를 한 입 베어 물고 우유를 벌컥거리며 마셨다. 참 맛있다. 그치? 응, 참 맛있어. 너 초코파이 안 좋아하잖아. 좋아할 수도 있지 뭐. 아니, 어릴 때는 좋아했어. 유치원에 갔다 오면 엄마가 냉장고에서 초코파이를 꺼내 줬잖아. 그때 얼마나 좋아했는데. 엄마가…… 엄마가 나보고…… 언니한테 뺏기지 말고 빨리 먹어 치우라고…… 엄마가…… 보고 싶어……. 갑자기 심장이 튀어나올 듯 흔들리면서 속의 것들이 치받쳤다. 참을 수 없이 온몸이 떨렸다. 변기에 얼굴을 박고 꽥꽥 토해 냈다. 입을 헹구고 돌아서는데 다리에 힘이 탁 풀렸다. 방바닥에 그대로 웅크리고 누웠다. 외롭다. 벌레 같다. 등딱지가 옭아매진 딱정벌레. 지렁이 같다. 맨땅에 살을 비비며 꼬불거리는 지렁이. 징그럽다. 비누거품 같다. 점점 사라진다. 사라진다. 눈을 꼭 감고 오래도록 숨을 참고 점점 점점…… 사르르…… 사르르…… 아, 그때였다. 배꼽에서 팝콘 하나가 탁 튀는 것 같은, 아니, 나비의 날갯짓 같은, 아니 아니, 금붕어가 소슬하게 헤엄을 치는 것 같은 느낌이 일어났다. 전에도 몇 번 이런 느낌은 느꼈지만 이처럼 떨리진 않았다. 그런데 오늘은 가슴이 떨리도록 감격스럽다.

"아, 아가야. 너였구나!"

방금 전까지 쪼그라들던 가슴이 갑자기 밝아지면서 어디선가 파릇한 향기가 날아왔다. 그래, 난 혼자가 아니야. 아가야, 우린 이렇게 같이 있었는데……. 금세 내 어깨에 날개가 돋친 듯이 신비한 힘이 솟아났다. 행복하다. 이게 모성애라는 걸까? 정말 말로 표현할 수 없을 만큼 신비롭다.

모텔을 관리하는 사람은 60대 아주머니였다. 아주머니께 내 사정을 모두 말했다. 다행히 아주머니가 이해해 주어서 당분간 이곳에 머물 수 있게 되었다.

며칠이 지난 후 아이들이 다시 왔다.

"라면, 김치, 햇반, 김, 참치 통조림, 북엇국, 미역국, 고추장."

진아가 가져온 물건의 이름을 말하며 방바닥에 죽 늘어놓자 현규가 말했다.

"근데 이렇게 인스턴트식품만 먹여도 되는 거야?"

"야, 그래도 내가 임신부를 위해 얼마나 신중하게 골라 왔는데, 봐, 무방부제, 무색소 중심이잖아. 임신부와 태아에게 해로운 식품 첨가물이 들었는지 꼼꼼하게 따져 봤지."

"콜라 사 달라고 했잖아."

"어머니, 안 됩니다. 콜라 같은 탄산음료는 뱃속에 있는 아가에게 무척 해로워요. 그 대신 짠—."

"뭐야, 맥주잖아. 그건 마셔도 돼?"

"물론 임신부는 딱 한 잔만."

진아가 맥주 캔을 들고 장난스럽게 웃다가 채강이와 현규에게 말했다.

"야, 우리 피크닉 온 것 같지 않니? 아냐, 이제 우린 주말 패밀리다! 너희 두 남자하고 패밀리 하는 게 썩 내키진 않지만 말이야. 우리 패밀리 이름도 짓자. 음, '아지모' 어때? 아기를 지키는 모임."

"아지모 좋아하시네. 차라리 미친 인간들의 모임이라고 해라."

"야, 이현규 넌 어째 애가 그렇게 삐딱하냐? 그럴 거 왜 따라왔어?"

"그럼, 이 상황에서 웃어 주랴! 우린 지금 하연이를 더 불쌍하게 만들고 있다고! 어쨌든 내 말은 하루빨리 부모님께 말씀드리고 하연이가 집으로 들어가서 편히 지낼 수 있게 해 줘야 해. 이게 뭐냐?

이 좁은 방에 하연일 가둬 놓고······."

"야, 이러면 처음이랑 말이 다르잖아. 하연이가 죽어도 엄마한테는 말 못 할 상황이라고 해서 우리가 아기를 낳을 때까지 보호해 주기로 했잖아. 그런데 이제 와서 너 도대체 왜 그래?"

진아가 현규를 노려보자 현규가 눈길을 돌리며 씩씩거렸다.

"알았어. 현규, 너 가! 치사하게 변명하지 말고. 학원 튀고 따라올 때 너 인상 구겨지는 거 다 봤어. 그래, 넌 공부 잘하는 놈이니까 가서 공부해야지 주말에 우리랑 어울리면 안 되지. 가, 빨리!"

현규가 얼굴색이 변해서 목소리를 깔고 말했다.

"아, 열받네! 내가 지금 공부 때문에 이러냐?"

"그러니까 꺼지라고!"

채강이가 소리를 높였다.

"뭐, 이 새끼가. 너 말 다 했어? 네가 뭔데 나보고 꺼지라 마라야. 나쁜 새끼, 우리가 이러는 게 다 누구 때문인데······. 양심도 없는 새끼, 하연이가 저렇게······."

"그래, 다 나 때문이야. 됐냐?"

"이 새끼가······."

현규의 주먹이 채강이에게 날아갔다. 채강이가 벌떡 일어나며 현규를 발로 걷어찼다.

"야, 이 인간들아, 싸우려면 밖에 나가서 싸워."

진아가 채강이를 문밖으로 떠밀었다. 채강이가 얼굴이 벌게져서 신발을 신으며 말했다.

"그래, 너 따라와."

채강이의 발소리가 멀어지자 씩씩거리며 서 있던 현규도 밖으로 나갔다.

"야, 쟤들 말려 봐. 저러다 큰일 나면 어떡해!"

"놔둬. 알아서 하라 그래. 속상한데 술이나 마시자."

진아가 맥주 캔을 따서 한 모금 들이켠 후, 나한테 내밀었다.

"싫어, 그래도 말려야지."

내가 나서자 진아도 따라 나왔다.

"얘들 어디 갔지?"

건물 주변을 돌았지만 보이지 않았다. 건물 뒤로 자동차 한 대가 지나다닐 만한 길이 있었다. 길 가운데 질경이와 망초대가 소복한 것을 보니 차가 별로 다니지 않는 길인 것 같았다.

"야—."

길 위 언덕에서 아이들의 괴성이 들렸다.

"쟤들 저기 있나 봐. 야, 잠깐 기다려."

모텔로 다시 뛰어 내려갔던 진아 손에 먹을 것이 담긴 큼직한

봉지가 들려 있었다.

"우리 소풍 가는 거야. 애들하고 먹으려고."

역시 진아의 머리 회전 속도는 빨랐다.

"야—."

두 아이들은 우리가 가까이 다가가는 줄도 모르고 풀숲에 나란히 누워 하늘을 향해 소리치고 있었다.

"야! 서로 죽일 것 같더니만 너희 뭐 해?"

진아가 소리치는 것을 듣고도 두 녀석은 꼼짝하지 않고 누워 있었다. 가까이 가서 보니 두 녀석이 치고받고 싸운 표가 났다. 채강이 녀석은 코피가 터진 흔적이 있고 현규 녀석은 눈 밑이 붉게 부풀어 있었다.

"둘이서 신나게 싸웠구나. 이제 일어나. 이거 먹어. 우리 지금 소풍 나왔다."

진아가 봉지를 펴 놓고 맥주 캔을 높이 쳐들며 말했다.

"자, 건배!"

두 녀석이 벌떡 일어나더니 각자 맥주 캔을 들었다.

"어, 하연이는 안 돼!"

채강이가 소리쳤다.

"야, 한 번 정도는 괜찮아. 마셔!"

"뭘 건배해?"

"아지모를 위해!"

"좋아. 아지모를 위해 건배! 하하하······."

우리는 함께 손뼉을 치며 노래를 불렀다.

"예비 엄마와 아기를 위한 즐거운 위문 공연!"

세 아이들이 일어나 춤을 추었다. 현규는 옆에 서 있는 버려진 자동차 위에 올라가 겉옷을 벗어 던지고 몸을 비틀며 춤을 추었다.

"야, 그런데 너희들 좀 전까지 서로 죽일 것 같더니만 어떻게 된 거야?"

"죽이려고 했지. 채강이 이 새끼 정말 미웠어. 그런데 이 새끼 죽이려고 하니 양심에 찔리더라. 진아야, 그때······ 내가 정말 미안해."

현규가 고개를 푹 숙였다 들어 올리며 계면쩍게 웃었다.

"그렇게 생각해 보니, 우리 둘 다 나쁜 놈들인데, 나쁜 놈들끼리 서로 죽일 필요가 없잖아."

"미친 녀석들!"

진아가 둘을 쳐다보며 욕을 했다. 붉게 타오르는 노을 속에서 우리는 다시 춤추며 목청이 터져라 노래를 불렀다.

이곳에 머문 지도 꽤 오래되었다. 채강이와 현규가 알바를 하고 진아가 용돈을 보태서 내 숙식비를 끊임없이 조달했다. 나는 채강이가 갖다준 노트북으로 세상 소식도 검색하고 탁자 위에 놓인 작은 텔레비전을 보면서 킬킬대다가 불안한 마음이 들면 교과서를 펴 놓고 공부도 했다. 그러다가 문득문득 떠오르는 엄마 생각에 마음이 괴로웠다.

"하연아, 너희 엄마…… 날 찾아와서 너 어디 있는지 아느냐고 묻는데…… 너희 엄마 우는 것 보니 마음이 너무 아파서……."

진아가 하던 말이 생각나서 눈물이 났다.

이곳에 살면서 처음 며칠 동안은 사람들과 마주치는 게 창피해서 방 안에서만 지냈다. 그러나 이젠 들길도 걷고 개울가에 앉아서 네 잎 클로버를 찾기도 한다. 며칠 동안 세 개를 찾았는데 잘 말렸다가 채강이, 진아, 현규가 오면 한 장씩 줄 생각이다. 고개를 숙이고 풀잎을 들추니, 땅에는 여러 가지 벌레들이 꼬물꼬물 기어다녔다. 누가 관심을 가져 주지 않아도 모두들 알을 까고 새끼를 키우며 잘들 먹고살고 있는 것이 신기했다. 땅은 참 많은 생명체들을 키우고 있었다. 나는 네 잎 클로버를 한 장 더 찾아 그 행운은 내가 간직하기로 하고 아침부터 개울가에서 풀잎을 살피고 다녔다. 그때였다. 까무잡잡한 여자가 아기의 손을 잡고 다가오며 서툰 우리 말로 물었다.

"뭐 해요?"

"네 잎 클로버 찾아요. 어머, 아기가 예뻐요."

엄마 얼굴을 닮은 아기의 동그란 두 눈이 유리구슬처럼 반짝거렸다.

"세 잎 클로버 행복이야. 네 잎은 행운!"

말이 서툰 게 계면쩍은지 여자가 어설픈 미소를 띠며 말했다.

"행복이요?"

"응. 예."

"어디에서 왔어요?"

"베트남."

"한국말 잘하네요. 온 지 오래됐어요?"

"일 년 더."

여자가 검지손가락을 들어 보이며 웃었다. 밤색 치마 밑으로 여자의 깡마른 다리가 애처롭게 보였다.

"이 동네 살아요?"

"저기. 집."

여자가 붉은 벽돌집을 손가락으로 가리켰다. 둘이서 이런저런 이야기를 나누다가 우린 곧 친구가 되었다. 여자는 이제 스물한 살

된 새댁이었고 '응우옌 린'이란 이름을 갖고 있었다.

다음 날 나는 린과 약속한 대로 린의 집에 놀러 갔다. 린은 금방 목욕시킨 아기를 마루에 앉아서 닦아 주고 있었다. 발가숭이 아기 몸에 햇살이 아른거렸다. 정말 깨물어 주고 싶도록 귀여웠다. 내 아기도 이렇게 귀여울까? 정말 귀엽다. 나는 린이 아기를 안고 젖을 먹이는 모습을 지켜보았다. 엄마와 아기는 사랑스럽게 눈을 맞추었다. 아기는 젖을 물고 엄마를 올려다보며 흥얼거리고 엄마는 아기를 꽃잎처럼 부드럽게 어루만졌다. 가슴이 뭉클했다. 우리 엄마도 나를 저렇게 키웠겠지. 저렇게 사랑스러운 눈빛으로 더없이 부드러운 손길로……. 나도 모르게 두 눈에 눈물이 고였다.

"왜? 왜 그래?"

린이 깜짝 놀라서 물었다. 나는 린의 옆구리에 얼굴을 묻고 울었다. 린이 내 어깨를 가만히 쓰다듬었다. 이상하다. 어제 처음 본 린에게서 위로를 받다니. 어쩜 우린 마음이 서로 통할지도 모른다. 린과 나, 낯선 곳에서 살아가니까.

린은 내가 하루라도 놀러 가지 않으면 전화했다. 린과 같이 있으면 내가 고딩이라는 사실을 잊고 진짜 아기 엄마라도 된 것 같은 착각에 빠져서 호호거린다. 어쨌든 린 덕분에 이곳에서 하루하루 즐겁게 지낼 수 있었다. 린의 남편은 린과 열네 살이나 차이가 나는 아저씨인데 얼마나 무뚝뚝한지 하루 종일 같이 있어도 말 한 마디 안 한다고 했다. 그러나 린은 남편이 베트남에 있는 친정에 선물도 보내 주고 저녁이면 한글을 가르쳐 준다고 자랑했다. 나는 가끔 베트남 이야기를 하면서 젖어 드는 린의 그 슬픈 눈빛과 깡마른 몸매를 보며 린이 이곳 생활에 적응하느라 얼마나 힘들어하는지 알 수 있었다. 그러나 린에게는 사랑스러운 아기가 있다.

"예뻐. 예쁘지? 하연 아가도 예뻐!"

내가 아기를 예뻐하면 린은 내 배를 쓰다듬으며 말했다. 린도 이 낯선 곳에서 아기를 낳고 살아가는데 난, 뭐가 문제지? 미성년자? 고딩? 이런 현실은 절대 넘지 못할 절벽? 절벽에서 뛰어내리면 어떻게 되는 거지?

개학이 며칠 앞으로 다가왔다. 이젠 어떻게 해야 하나? 엄마가 나를 찾으려고 애쓴다는 소리를 들을 때마다 가슴이 미어진다. 그러나 어쩔 수 없다. 이 길이 서로를 위하는 길이기에……. 나는 엄마가 가게에 나간 시간에 맞춰 집으로 갔다. 간단하게 몇 가지 짐을 챙겼다. 책상 서랍 속에 있는 학생증이 눈에 띄었다. 학기 초에 멋을 부리려고 진아와 둘이서 블루 블랙으로 머리를 염색하고 찍은 사진이다. 나는 학생증을 지갑에 챙겨 넣었다. 이것만 있으면 다시 학교에 돌아갈 수 있을 것 같은 생각이 들었다.

    엄마, 미안해!
    엄마…….

    급히 몇 자 적어 놓고 나가려니 뭐라고 써야 할지……. 결국 쓰다 말고 종이를 구겨서 주머니에 쑤셔 넣었다. 정말 이런 나 자신이 너무 한심스럽다. 그래도 힘을 내자. 이 어려움만 참고 견디면 절대로 이런 실수를 다시 하지 않고 정말 멋지게 살 수 있다. 나는 텔레비전 위에 놓인 가족사진을 가만히 만져 보았다. 엄마, 아빠, 정수연, 그리고 정하연……. 어쩌다가 조각난 퍼즐이 되어 이렇게 흩어졌을까?

11

 정하연, 정말 깔끔하지 못하다. 죽어도 정수연에겐 도움 따윈 받지 않고 살고 싶었는데. 지금 이렇게 언니한테 비굴하게 동정을 구하러 가야 하다니……. 엄마하고 함께 찾아간 적이 있어서 언니가 어디에 있는지 알고 있다. 지난 겨울방학 때, 엄마의 채근에 못 이겨 찾아갔는데 언니를 만나는 게 싫어서 엄마만 들여보내고 밖에서 기다린 적이 있다. 자, 도도했던 정하연, 네가 그렇게 비웃었던 수연 언니를 찾아가는 거다.
 지하철을 탔다. 언니가 일하는 미용실 앞으로 걸어갔다. 아직 이른 시간인데도 미용실 문이 열려 있었다. 열린 문으로 노랗게 염색한 짧은 머리가 보였다. 미용실 앞을 지나쳐 저만큼 갔다가 다시 돌아왔다. 그렇게 몇 번을 반복하다 보니 귀에 익은 소리가 들렸다. 분명히 언니가 흥얼거리는 노랫소리다. 괜히 가슴이 찡했다. 나쁜 계집애, 뭐야, 그렇게 엄마 아빠 속을 태우고 집에서 나가더니 결국 하고 있는 일이 미용실 바닥 청소야? 학교도 포기하고 나갔으면 좀 더 멋지게 살아야지. 멀쩡히 집에 있으면 저렇게 바닥을 쓸지 않고도 주는 밥 먹고 잘 살 수 있는데 왜 그렇게 바락바락 엄마 아빠한테 대들고 울고불고하다가 결국 튕겨 나가 버렸을까? 물론 나도 아빠가 술 마시고 벌이는 꼴통짓에, 시도 때도 없이 몰아치는 엄마의 간섭과 잔소리에 머리가 돌아 버릴 것 같을 때도 있지만 그래도 어른이 되어 독립할 때까지는 집에서 벗어날 생각이 없었다. 어쨌든 언니가 저렇게 콧노래를 부를 수 있다는 것은 그만큼 자기 선택에 만족하고 있다는 뜻이니까 그나마 다행이다. 사람이란 게 참 이상한 존재다. 건강한 몸만으로 살아가는 게 아니고 그 속에 담겨 있는, 그것을 뭐라고 해야 하나. 정신, 마음 뭐 그런 보이지 않는 것이야말로 사람을 살아가게 하는 것 같다.

  막상 이런 모습으로 언니를 만난다고 생각하니 부끄러워 견딜 수가 없다. 그러나 여기까지 온 목적은 일단 이루고 보자. 이번 일만 해결되면 정말 열심히 잘 살아갈 자신이 있으니까.

  나는 길 건너 아이스크림 가게로 들어가서 핸드폰을 눌렀다.

  "언니, 나 하연이."

"네가 어쩐 일이야?"

오랜만에 동생이 전화했는데도 여전히 시큰둥한 말투다.

"그냥. 언니, 잘 있지?"

"왜, 무슨 일 있어?"

"아니, 아무 일도. 그런데 나 지금 언니 만나려고. 시간 돼?"

"어딘데?"

"언니 미용실 바로 앞, 아이스크림 가게."

"알았어. 좀 기다려."

한참이 지난 후, 언니가 가게 문을 열었다. 오랜만에 보는 언니는 훨씬 더 세련된 모습이었다.

"아이스크림 먹을래?"

언니는 내 대답을 듣지도 않고 이것저것 아이스크림을 골라서 담아 가지고 왔다.

"야, 그런데 너 어째 뭐가 좀 이상하다?"

언니가 고개를 갸웃거리며 아래위를 쫙 훑어봤다.

"너…… 일어서 봐. 뭐야? 너…… 야, 너 미쳤니?"

언니가 눈을 부릅뜨고 소리를 빽 질렀다. 아이스크림 가게 점원이 깜짝 놀란 표정으로 쳐다보았다. 그러나 언니는 개의치 않고 또 나를 다그쳤다.

"엄마도 알아? 아유, 얘가 정말 미쳤네. 미쳤어. 아, 속 타."

언니가 가슴을 두드리며 인상을 꽉꽉 쓰더니 앞에 놓인 아이스크림을 우걱우걱 입속으로 밀어 넣기 시작했다. 제발, 정수연. 지금 이 동생이 마음 졸여서 죽겠다. 뭐라도 말을 좀 해 봐. 맞다, 정수연이 저렇게 입속으로 뭘 욱여넣는다는 것은 정말 화났다는 뜻이다. 집에 있을 때도 화나면 정신없이 뭘 찾아서 먹었으니까. 오늘 정하연 죽었다. 혹 떼러 왔다가 혹 붙이고 가는 거 아냐? 언니는 그렇게 아이스크림 한 통을 다 먹어 치운 후, 한참을 창밖에 눈길을 두고 말없이 계속 앉아 있었다. 정수연, 지금 정하연이 앞에 앉아 있는 것을 잊어버린 사람처럼 왜 그래?

"밥 먹었어?"

언니가 뜬금없이 물었다.

"……."

"뭐 먹을래?"

"……."

"따라와."

언니가 휑하니 앞서서 나갔다. 아주, 날 무시하기로 작정을 한 모양이다. 하긴, 어릴 때부터 뭐든 자기 맘대로였으니까. 정말이지 두 살 차이밖에 안 나는 언니 앞에서 왜, 난 고양이 앞에 쥐새끼처럼 졸아드는지 모르겠다. 어릴 때부터 하도 괴롭힘을 당해서 아예 길들여진 거다. 언제나 속은 부글부글 끓으면서도 겉으로는 겁나서 말 한마디 못 하고……. 그래, 정하연, 괜히 주눅 들면, 언니가 어릴 때부터 나한테 한 일을 한번 생각해 봐. 언제나 얻어터지고……. 이 갈리지 않니? 지금은 어쩔 수 없이 고개를 숙이지만, 앞으로 두 번 다시 이런 비참한 모습은 안 보일 거다. 보란 듯이, 멋있게 정말 깔끔하게 살아가면 되잖아.

"저거 먹을래?"

언니가 순댓국집 앞에서 멈춰 서더니 이번에도 내 대답을 듣지 않고 안으로 들어갔다.

"아줌마, 여기 순대국밥 두 개요."

탁자를 사이에 두고 마주 앉았지만 서로 어색해서 멀뚱거렸다. 애초에 정수연한테 따뜻한 위로 같은 건 기대하지도 않았지만 저 불퉁한 표정, 완전히 무시하는 저 태도, 이건 정말 실망스럽다. 우린 친자매가 맞나? 아니 혹시, 산부인과에서 바뀐 건 아닐까? 그건 옛날에 이미 엄마에게 몇 번이나 물어보고 확인한 사항이잖아. 그래, 운명이라고 생각하자.

순대국밥이 나왔다.

"먹어."

숟가락을 건네주는 언니 눈동자가 흔들렸다. 언니가 얼굴을 숙인 채 연신 숟가락질을 했다. 치, 아이스크림도 통째로 혼자서 다 먹고는 또 먹어? 진짜 먹는 소리도 참 요란하다. 후루룩후루룩, 쩝쩝……. 이 넓은 음식점 안에 소나기라도 내리치는 줄 알겠다. 그동안 굶고 살아온 건 아닐 테고, 그런데 뭐야? 연신 코를 실룩거리며 탁자 위 휴지를 뽑아 팽팽 코를 풀면서 눈가를 닦아 내고 있잖아. 정말 모르겠다. 정수연의 진정한 속마음을…….

"에이 씨, 아줌마 왜 이렇게 매워요. 진짜, 되게 맵네."

언니와 눈이 마주쳤다. 언니 눈자위가 벌겋다. 언니 두 눈에 물기가 어려 있다. 갑자기 콧등이 시큰하면서 눈가가 뻑뻑해 왔다. 나는 두 눈에 잔뜩 힘을 주면서 순댓국을 입에 떠 넣었다.

"낳을 거야?"

"……."

언니가 여전히 눈길을 순대국밥에 두고 혼잣말처럼 물었다. 나는 딱히 대답할 말이 없어서 고개를 숙였다.

"하긴…… 뭐. 집에 안 들어갈 거야?"

"응."

"그럼, 어떡해. 성질 같아선 널 당장 끌고 가고 싶지만…… 엄마가 전화했더라. 아빠 일. 정말 그 인간 결국…… 어쨌든, 나 너 못 데리고 있어. 나도 아는 언니 집에 빌붙어 살아."

"나, 있을 곳 있어. 그런데…… 나 당분간 언니하고 같이 있다고 엄마한테 말해 줘. 엄마가 알면…… 언니도 알잖아. 엄마 성질."

"그래서 지금 나보고 너 알리바이를 조작해 달란 말이니?"

"응."

"미친, 감당도 못 하면서 진작 수술해 버리지. 나 빨리 들어가 봐야 해."

"언니, 엄마한테 전화해 줘. 지금."

언니가 대답 대신 나를 한 번 쭉 훑어보더니 일어서며 말했다.

"가자."

제발, 엄마한테 전화 좀 해 줘. 간절한 마음이 목구멍으로 올라왔지만 꾹 눌러 참았다. 언니가 길가에 있는 공중화장실로 들어갔다. 나는 바깥 의자에서 언니를 기다렸다. 화장실에서 나온 언니가 핸드폰을 꺼내 시계를 보면서 말했다.

"전화해 봐. 엄마가 내 말을 믿을지는 모르지만."

나는 얼른 핸드폰을 꺼내 엄마 전화번호를 눌렀다.

"엄마."

"야, 너 어디야! 제발 엄마 속 좀 그만 썩이고 빨리 들어와. 애들 다 학교 가잖아."

"엄마, 나 지금 언니하고 같이 있어. 잠깐 언니 바꿔 줄게."

언니가 핸드폰을 받아 들고 곁눈질로 나를 한 번 힐끗 보더니 화장실로 들어갔다. 나는 발소리를 죽이고 다가가 귀를 세웠다.

"……그러니까 내가 같이 데리고 있겠다고. 한 학기만 쉬고 학교에 간다니까 말 들어. 아이 씨, 왜 소리를 지르고 난리야. 내가 뭘…… 됐어. 그래, 엄마가 언제 날 한 번이라도 믿어 준 적 있어? 알았어! 알았다고! ……씨, 짜증 나!"

언니가 악을 써 대며 전화를 끊었다. 이런 결과를 예상하지 않은 건 아니지만 결국 일이 틀어지고 보니 언니를 찾아온 게 후회되었다.

"자, 나도 몰라. 정말 씨……."

언니가 핸드폰을 건네주며 화를 참지 못해 씩씩댔다. 핸드폰이 계속 울렸다. 엄마다. 나는 얼른 핸드폰 전원을 꺼 버렸다.

"미안해, 언니!"

"뭐가 미안해. 씨……."

언니가 앞서서 걸었다.

"잘 있어. 나, 갈게."

나는 이를 옹다물고 재빨리 돌아서서 걸었다.

"야, 거기 서 봐."

언니가 내 뒤를 쫓아왔다.

"짜증 나. 야, 엄마한테 다시 전화해 봐."

나는 인상을 팍 쓰고 노려보고 서 있는 언니를 보며 다시 전원을 켜고 전화번호를 눌렀다. 언니가 전화를 받아 들더니 돌아섰다.

"응, 하연이 옆에 있어. 엄마 자꾸 그러지 마. 난 뭐 생각이 없는 줄 알아. 이번에 실기 붙고 자격증 따면 월급 올라. 엄마가 자꾸 그러면 쟤 정말 나처럼 돼. 응, 알았어. 내가 잘 데리고 있을게. 걱정 마. 공부를 안 하겠다는 것도 아니고 마음잡으면 잘할 거야. 엄마 하연이 성격 알잖아. 응. 아빠 때문에 충격을 받은 모양인데…… 괜찮아. 알았어. 오지 마. 응, 내가 전화할게."

전화를 끊고 돌아서며 언니가 말했다.

"야, 정하연, 너마저 엄마 배신하면…… 엄마 인생 너무 비참하다. 내가 엄마한테 잘 말했으니까 가 봐. 엄마한테 전화 오면 나한테 연락해."

"알았어! 언니, 고마워."

"근데, 너 정말 있을 곳이 있긴 있는 거야?"

"응, 있어. 친구 집에."

"어쨌든, 너 조심해. 막 살지 말고!"

"알았어."

"나, 그만 들어가 봐야 해. 너, 어떻게 갈 거야?"

"지하철 타면 돼."

"그럼, 무슨 일 있음 꼭 전화해."

"응."

"잘 가."

"응, 언니도 잘 있어."

"가."

감동이다. 우리 자매가 이런 살뜰한 인사를 나누다니……. 언니가 몇 걸음 옮기더니 갑자기 돌아서서 큰 소리로 물었다.

"야, 근데, 그 새끼 누구야? 널 그렇게 만든 놈 말이야."

"친구."

"골 때린다, 너."

언니가 하늘을 올려다보며 천천히 걸었다. 나는 그 자리에 서서 멀어져 가는 언니를 바라보았다. 언니는 내가 그 자리에 서 있는 줄 알면서도 뒤도 한 번 돌아보지 않고 고개를 꼿꼿이 세우고 걸어갔다. 유리 알갱이 같은 햇빛이 멀어져 가는 언니 머리 위로 무수히 쏟아져 내렸다.

12

 인간은 환경에 적응하는 데는 천재다. 캄캄한 밤에 구름 사이로 환하게 비치는 달을 보고 혼자서 미소 지을 수 있을 만큼, 밤새워 울어 대는 귀뚜라미 소리에 귀 기울일 수 있을 만큼, 난 낯선 곳에서 잘 살아가고 있다. 사람이 살아가면서 '절대로'라는 말은 필요없다. 난 언제나 절대로 안 돼! 절대로 못 해! 절대로…… 절대로를 외쳐 댔다. 그러나 이렇게 되고 보니 언제부턴가 그 말을 슬그머니 잊어버리고 산다. 이제 앞으로 그런 말을 다시 쓰게 된다면 정직하게 생각을 좀 해 봐야겠다.

"야, 누구하고 같이 있는 줄 알았다. 혼자서 무슨 말 했어?"

 아유, 깜짝이야. 언제 왔는지 '아지모' 애들이 내 혼잣말을 밖에서 들은 모양이다. 나는 요즘 혼자서 말하는 게 습관이 되어 버렸다. 혼자서 중얼거리다가 귀에 들리는 내 목소리에 놀라기도 하고, 내가 미쳤나 하는 생각이 들어 슬프기도 하다. 그런데 오늘은 어째 아이들의 표정이 심상치 않다. 채강이와 현규의 표정이 불퉁하고 진아는 울었는지 눈알이 좀 빨갛고 목소리가 쉬었다.

"너희들 왜 그래? 무슨 일 있어?"

"아니야, 아무 일 없었어."

현규를 힐끗 보며 대답하는 채강이의 얼굴에 언짢은 기색이 역력하다. 진아는 방에 들어오자마자 바닥에 깔려 있던 이불을 머리까지 끌어 올리고 누워 버렸다.

"몸은 괜찮아? 아가는?"

진아가 빠끔 고개를 내밀고 물었다. 나는 고개를 끄덕이며 진아를 재촉했다.

"야, 궁금해. 무슨 일인지 말해 봐."

진아가 대답 대신 고개를 돌려 현규를 노려보았다. 진아와 눈이 마주친 현규가 얼른 고개를 옆으로 돌렸다. 진아가 눈을 감았다가 다시 반짝 뜨더니 짜증스럽게 말했다.

"야, 이현규, 너 가. 빨리 가. 너희 엄마 학원 안 간다고 엄청 쫀다며! 빨리 학원 가."

"너, 정말, 에잇……."

현규가 벌떡 일어나 진아를 노려보더니 방문을 열고 나갔다.

"그래, 잘 가라. 나쁜 놈아!"

진아가 소리쳤다.

"진아야, 도대체 왜 그래? 말 좀 해 봐."

"쟤가 너 때문에 아니지, 우리 때문에 학원 못 가서 엄마한테 눈치 보인다고 막 뭐라 그러잖아."

진아가 하는 말을 들었는지 현규가 고개를 내밀고 소리쳤다.

"야, 너 말 돌리지 마. 내가 지금 학원 못 가서 이러는 줄 알아? 너 정말 끝까지 하연일 지켜 줄 수 있어? 그렇게 할 수 있냐고?"

"그래, 난 할 거야. 지금 와서 어떻게 해? 채강이하고 둘이서라도 해야지."

진아의 말에 채강이가 두 손을 주머니에 찔러 넣고 벽을 향해 돌아섰다.

"다음 주에 모의고사 보고 나면 곧바로 중간고사야. 이렇게 계속 알바 뛰다간 성적이고 뭐고 끝장이라고! 씨……."

현규의 탁한 목소리가 목구멍에 걸린 듯 간신히 터져 나왔다.

"그럼 처음부터 하지 말지, 이제 와서 난리야. 너 하연이 배 안 보여? 난 뭐 좋아서 이러냐고? 나도 요즘……."

진아가 두 눈을 똑바로 떴다가 내리깔며 말꼬리를 흐렸다.

"알았어, 이제 보니 나 때문이구나. 알았어, 알았으니까 너희들 이제 오지 마. 안 오면 되잖아. 누가 도와 달래? 괜히 날 동정하지 말고 가!"

나도 모르게 목소리가 높아졌다.

"난 그래도 우정인 줄 알았는데……. 이제 보니 너희들 날 거지처럼 동정하고 있었네! 아이 씨…… 난 그런 줄도 모르고."

"하연아, 그건 아니야…… 야, 미, 미…… 안해!"

내가 주르륵 흐르는 눈물을 손등으로 훔치자 진아가 내 어깨를 흔들며 안절부절못했다.

"가라고! 다 가!"

나는 진아의 손을 뿌리치며 소리쳤다.

"임채강, 너도 가란 말이야!"

나는 벌떡 일어나며 채강이의 등을 주먹으로 쳤다. 채강이가 어깨를 한 번 들썩이며 숨을 몰아쉬더니 그대로 꼼짝하지 않았다.

"아, 정말……."

현규가 거친 소리를 내더니 문을 꽝 닫았다.

"하연아…… 너, 이제 집에 들어가. 미안해! 처음엔 우리 힘으로 다 할 수 있을 줄 알았는데……."

진아의 목소리가 잦아들었다. 말도 안 돼, 이제 와서 집에 들어

가라니······. 갑자기 태풍이 불어와 내 생명의 불꽃을 확 꺼 버리는 것 같은 절망감이 들었다. 더 이상 할 말이 없다. 진아도 채강이도 고개를 떨구었다. 누구도 더 이상 입을 열지 않았다. 침묵의 시간이 길어지자 채강이는 벽에 기대어 무릎에 머리를 박고 화석처럼 앉아 있었고, 진아는 이불로 얼굴을 감싸고 앉아 있었다. 방 안을 짓누르는 무거운 침묵에 가슴이 답답했다.

"야, 너희들도 이제 그만 가."

그래도 채강이와 진아는 꼼짝하지 않았다.

"가라고. 나도 혼자서 생각을 좀 해 봐야겠어."

내가 재촉하자 진아가 부스스 일어서더니 가방에서 봉투를 꺼내 텔레비전 위에 올려놓았다.

"채강아, 너도 진아하고 같이 가."

내가 채강이 어깨를 흔들며 말하자 채강이가 고개를 들어 물끄러미 나를 바라보더니 일어섰다.

"잘 가."

채강이와 진아가 안타까운 표정을 지으며 고개를 끄덕였다. 아이들이 모두 갔다. 결국 나 혼자다······. 나는 진아가 놓고 간 봉투를 바라보았다. 애들이 힘들게 벌어 온 돈이다! 애들이 힘들 거라고 생각은 했지만 만나면 웃고 떠드느라 진심으로 고맙다는 말도 못 했다. 친구들아, 미안해! 그리고 고맙다. 그런데도 내 기분대로 동정이니 뭐니 하면서 화만 냈으니…….

다음 날 린이 전화했지만 나는 놀러 가지 않았다. 어제 애들 앞에서는 큰소리쳤으나 이제 살길을 찾아야 한다. 애들이 나를 포기했는데 더 이상 기댈 수는 없다. 인터넷을 검색했다. 뭔가 정보를 얻어야 한다. 어디 멋모르고 일낸, 나 같은 아이들을 보호해 줄 법은 없나? 청소년, 청소년 보호법 이게, 뭐야? 청소년은 나라의 미래라, 이건 중학교 때 교장 쌤이 늘 하던 소리고, 청소년이라 함은 만 19세 미만의 자를 말한다. 그렇지, 그럼 법적으로 난 청소년이 분명한 거고, 이게 뭐야? 청소년이 건전한 인격체로 성장할 수 있도록…… 금지…… 금지…… 금지…… 이런, 애들은 보도 듣도 못하게 금지만 하라는 법이잖아. 결국 보호라는 건 빛 좋은 개살구고, 순전히 금지만을 위한 법이잖아. 그럼, 난 어떡하지? 아니, 나 같은 다른 미혼모들은 어떡하지? 그래, 미혼모, 이 세상에 미혼모가 나 혼자는 아닐 거다. 그들은 어떻게 살고들 있을까? 역시…… 뭔가가 있었다! 미혼모의 쉼터, 미혼모 보호 시설, 이젠 우리도 당당해집시다! 에이, 이건 아니다. 뭘 어떻게 당당해져. 나는 미리 알아서 학교에서 사라졌지만 여기, 인터넷에 올라온 글을 봐. 학교에서 임신한 학생에게 학교 이미지 나빠진다고 은근히 자퇴하기를 바란다잖아…… 앞에서는 학생들을 위하는 척하면서도 뒷구멍으로는 자신들의 체면을 먼저 생각하는 어른들!

어쨌거나 나는 인터넷에서 찾은 미혼모의 집 몇 군데에다 전화를 걸었다. 긴장되어 목소리가 떨렸다.

"걱정하지 말고 언제든지 오세요. 우린 진심으로 학생을 도와주고 싶어요."

몇 군데 전화했지만 모두가 한결같이 친절하고 상냥한 목소리로 나를 환영해 준다는 것이다. 그렇다면 어디 한번 부딪쳐 보자. 채강, 진아, 현규! 좋은 친구들이었다. 그러나 이젠 모두 떠나갔다. 어쨌든 이제부터 난 혼자다. 혼자서 살아 내야 한다. 나는 짐을 챙긴 후, 린에게 작별 전화를 했다. 정말 린을 오래도록 잊지 못할 것 같다. 린이 아기와 함께 행복하게 살기를 마음속으로 빌었다. 짐을 들고 관리인 아주머니께 인사하러 갔다.

"아주머니, 그동안 고마웠어요. 저 이제 나가려고요."

"왜 갑자기? 어디로?"

나는 아주머니께 그동안 있었던 일들을 이야기했다.

"그렇게 됐구나. 그 몸으로 버스 타고 가려면 힘들어서 안 돼. 내가 택시 불러 줄 테니까 타고 가."

"아뇨, 괜찮아요."

"그러지 말고 타고 가. 내가 택시비 줄게."

아주머니가 전화로 택시를 불렀다. 택시를 기다리는 동안 아주머니가 내 손을 잡고 말했다.

"어디에 가 있더라도 몸조심하고…… 건강하게 순산해야 해. 어쨌든 자식은 소중한 거야. 나는 낳고 싶어도 못 낳았거든."

"아주머닌 결혼을 안 하셨나요?"

"결혼이야 했지. 그런데 남편이 하도 개차반이라서 술만 마시면 사람을 패는 거야. 살 수가 없어서 도망쳤지, 그때 임신 3개월이었는데 애를 키울 일이 막막하더라고. 그래서 병원에 가서 애를 지웠어. 그 이후에 다른 남자를 만나서 살았는데 애만 생기면 자연 유산이 되는 거야. 병원에도 가 봤는데 자궁이 약해서 그렇다고 하더라."

"그랬군요."

"하연이 너 처음 와서 사정 이야기 할 때 많이 망설였어. 애를 집에 연락해서 보내야 하나 말아야 하나? 걱정하고 있을 너희 부모님 생각하면 당연히 보내야 하는데, 하연이 너 말대로 너희 부모님 사정도 있고…… 어린것이 오죽했으면 이렇게 숨어 살면서까지 낳으려 할까 사정이 너무 딱해서 도와주자는 생각을 했지. 그런데 이렇게 간다고 하니 미안하네. 잘해 주지도 못하고……."

"아니에요. 가끔 밥도 주시고 반찬도 주셨잖아요. 제가 고맙죠."
"어쨌든 몸 관리 잘하고 순산해야 해."
"네."

택시가 왔다. 아주머니와 작별하고 떠나려는데 엄마 손을 놓친 어린애처럼 마음이 허전해지면서 눈물이 핑 돌았다. 택시를 타고 시내 쪽으로 반 시간 정도 달렸다. 택시를 타고 가는 내내 긴장되어 입술이 바짝바짝 탔다. 마치 아무도 없는 막막한 사막으로 내몰리는 것 같았다. 무릎에 올려놓은 두 주먹을 꼭 쥐었다. 주먹 안에서 자꾸만 물기가 돌았다. 내 모습이 너무 초라하게 느껴졌다. 채강이한테 전화하고 싶었다. 진아와 현규에게도…… 그 애들과 같이 가면 안 될까? 그러나 그 애들은 나를 떠나 버렸다. 그러니 정하연, 초라하게 도움을 구하느니 오기로 버텨 보는 게 낫지 않니? 그래, 이때껏 잘 견뎌 왔잖아. 힘내자. 넌 잘할 수 있어!

택시가 붉은 벽돌로 지어진 3층 건물 앞에 멈춰 섰다. 택시에서 내려 멈칫거리며 유리문을 열고 들어섰다. 하얀 얼굴에 온화한 표정의 중년 부인이 나를 맞아 주었다.

"어서 와요……. 정하연 씨죠? 고운 세상 원장이에요."

출발할 때 전화했더니 기다리고 있었던 모양이다. 나는 두려운 마음에 주위를 둘러보았다. 유리문을 열고 들어서자 어린이집이라는 팻말이 보였다.

"여긴 어린이집이고 고운 세상은 2층이에요. 자, 올라가요."

원장님을 따라 계단을 올라가자 젊은 여자 둘이 밝게 웃으며 인사했다.

"어서 오세요. 환영합니다."

"함께 일하는 분들이에요. 이쪽은 복지사 선생님이고, 이쪽은 사감 선생님이에요."

"안녕하세요?"

내가 인사하자 원장님이 소파를 가리키며 말했다.

"자, 여기 와서 앉아요. 그동안 고생이 많았지요? 이제 여기서 편히 쉬면 돼요."

"감사합니다."

원장님이 고운 세상에 대한 소개를 자세하게 해 주었다. 이곳은 국가 보조금과 독지가들의 후원금으로 운영된다고 했다. 주로 국내와 국외에 입양을 전담하는 기관인데 미혼모 시설도 몇 군데 운영하고 있다고 했다. 이곳에서는 미혼모들이 아기를 낳을 때까지 모든 것을 무료로 돌봐 준다고 했다. 그렇게 한참 동안 설명을 들은 후, 복지사가 종이 한 장을 내 앞으로 내밀며 말했다.

"여기서 아기를 낳을 때까지 있을 생각이라면 입소 동의서를 써 주셔야 해요."

내가 입소 동의서를 써서 복지사에게 주자 사감이 일어서며 말했다.

"하연이가 있을 곳은 3층이에요. 그곳은 외부인들이 출입할 수 없어요. 자, 따라와요."

사감을 따라 계단을 올라가는데 자꾸만 눈물이 나오려고 했다. 정하연, 이러지 마. 에이. 바보야. 억지로라도 참아. 빨간 토깽이 눈으로 첫인상을 심을래? 3층은 좁은 복도를 중심으로 양옆에 방이 몇 개 있었다. 벽면이 은은한 파스텔 톤의 연분홍과 연두색으로 조화를 이루어서 아늑하게 보였다. 원장님이 '사과 방'이라고 쓰인 문 앞에서 노크를 하고 방문을 열었다.

"자, 새 식구가 들어왔어요."

방 안에는 임신부 세 명이 있었다.

"이름은 정하연이고, 열일곱 살. 자, 기숙이가 하연이 자리 좀 마련해 주고 잘 가르쳐 줘. 그럼 재미있게 지내."

사감이 나간 후 멋쩍은 모습으로 서 있는 나를 보고 그중 나이가 많아 보이는 언니가 웃으며 말했다.

"우리 서로 인사하자. 반가워. 나는 김기숙이고, 스물한 살. 앞으로 잘 지내."

"안녕, 정소희야. 열여덟."

"반가워. 박효은이고, 열일곱 살. 우리 동갑이네."

인사가 끝나자 기숙 언니가 말했다.

"피곤하겠다. 씻고 와서 누워!"

기숙 언니와 효은이는 십자수를 놓으며 텔레비전을 보았고, 소희 언니는 이불에 비스듬히 누워서 만화책을 보면서 낄낄거렸다. 잠을 자려고 했지만 머리가 뒤숭숭해서 잠이 오지 않았다. 그동안 나는 나를 잘 볼 수 없어서 몰랐는데 나 같은 임신부들의 배부른 모습을 보니 정말 이상한 나라에 던져진 느낌이 들었다. 그렇게 뒤척이다가 잠들었는데 꿈속에서 생각지도 않은 아빠가 나타났다. 아빠가 까마득히 높은 건물 벽에 매달려 페인트칠을 하고 있었다. 바람에 밧줄이 흔들릴 때마다 아빠도 같이 흔들렸다. 나는 무서워서 눈을 감고 울면서 소리쳤다.

"아빠, 무서워. 내려와. 빨리. 아빠, 빨리 내려오란 말이야!"

그러나 아빠는 점점 밧줄을 타고 높이높이 올라갔다. 바람이 밧줄을 마구 흔들었다. 나는 울고, 아빠는 까맣게 멀어지고……. 아침에 눈을 뜨니 베갯잇이 눈물에 젖어 있었다. 왜 많고 많은 직업 중에서 하필, 페인트 도장공이람? 늘 하는 농담처럼 아빠는 정말 날고 싶은 걸까? 경찰서 면회실에서 만났던 아빠 얼굴이 떠오른다. 딸에게 눈길조차 주지 못하던 그 모습이. 아빠는 지금쯤 어떻게 되었을까? 집에 돌아왔을까, 아님 교도소에 갔을까? 엄마는…….

13

하루가 다르게 내 배는 둥글둥글 솟아올랐다. 요즘은 아기가 시도 때도 없이 발길질을 해 대서 깜짝깜짝 놀랄 때도 있다. 그러나 내 안에 있는 또 다른 생명을 느낄 때마다 혼자가 아니고 둘이라는 생각에 가슴이 환해지면서 기분이 좋다.

이곳에서의 하루 일과도 빡빡하다. 식사 시간 아침 7시, 12시, 저녁 5시, 그리고 하루 세 차례의 간식! 처음 며칠간은 식사와 간식 시간을 맞추려니 배가 고팠지만 이제는 습관이 되어서 괜찮다. 아침을 먹은 후에 약간의 휴식 시간이 지나면 다 같이 임신부 체조를 한 후, 복지사가 각각 오전에 할 일을 정해 준다. 어떤 애들은 심리 상담 치료를 받고, 어떤 애들은 간호사와 함께 병원에 검진을 가고, 어떤 애들은 검정고시 공부를 하고, 어떤 애들은 자격증 공부를 하고……. 점심을 먹은 후에도 각자 할 일이 정해진다. 그런데 이곳 고운 세상의 시간표를 무시하는 반항아가 둘 있다. 한 명은 김주희! 올해 열다섯 살, 고운 세상에서 가장 어린 엄마다. 주희는 까무잡잡한 피부에 키가 작았다. 그런 아이가 불룩한 배를 내밀고 다니는 것을 보면 정말 안쓰러웠다. 이웃에 사는 남자한테 성폭행을 당했다는 말을 들었다. 어쨌든 이 아이가 단순 무식하게 나오면 복지사들도 쩔쩔맨다. 밤늦게까지 컴퓨터 게임을 하지 말라고 하는 사감한테 악다구니를 부리며 달려들고, 아침에 늦잠 자고 일어나서는 배고프다고 계단을 우당탕탕 뛰어서 내려오며 소리치고, 상담 치료 받다가도 욕질을 하면서 씩씩대고, 애들이 뭐라고 하면 벌러덩 누워서 발버둥을 치며 운다. 그리고 두 번째 반항아는 열아홉 살 곽영은! 내가 여기 온 지 나흘째 되는 날이었다. 점심을 먹고 효은이하고 십자수 무늬를 고르는데 옆방에서 와장창 소리가 나더니 아이들이 비명을 지르며 뛰어나왔다. 나는 깜짝 놀라서 밖으로 나갔다. 그런데 손이 피투성이가 된 곽영은이 배를 뒤뚱거리며 복도로 걸어 나오는 게 아닌가!

"죽을 거야, 말리지 마!"

소리를 지르는 곽영은의 손에서 피가 철철 흘러내렸다. 나는 순간 정신이 아찔했다. 아이들이 아우성을 치며 계단으로 뛰어 내려갔다. 사감이 뛰어오고 원장님과 복지사들이 올라와서 곽영은을 데려갔다.

"저 언니 얼마 전에도 주먹으로 유리창을 깨서 자해한 적이 있어. 정말 무서워!"

효은이가 덜덜 떨고 있는 내 팔을 붙잡으며 말했다.

"벌써 두 번째 임신해서 여기 들어온 거래. 처음에는 잘 있다가 아기를 낳고 나갔다는데 이번에는 정신이 회까닥 돌았는지 가만히 있다가도 자해를 하고 난리를 쳐."

당분간 저런 인간들하고 같은 곳에서 살아야 한다고 생각하니 눈앞이 캄캄했다. 그 후, 나는 곽영은과 복도에서 마주치면 온몸에 소름이 돋고 등골이 오싹했다. 아이들도 겁을 먹고 곽영은을 피했다. 사감과 복지사들도 곽영은의 신경을 건드리지 않으려고 단체 시간표를 어겨도 야단치지 않았다.

그런데 이곳에서의 또 다른 문제는 애들의 흡연이다. 사감이 그렇게 야단을 쳐도 몇몇 아이들이 구석구석 숨어서 몰래 담배를 피운다. '엄마, 담배 연기가 싫어요.'라는 글귀가 화장실에 붙어 있지만 아랑곳하지 않는다. 우리 방 소희 언니도 지독한 골초다. 어떤 때는 자다가 일어나서 담배를 피우기도 한다.

"아유, 연기야. 야, 제발 담배 좀 그만 피워!"

기숙 언니가 짜증을 내면 소희 언니는 동그랗게 입을 오므리고 연기를 후 뿜어 댄다.

"이거라도 피워야 숨통이 트이지!"

"그래도 아기한테 나쁘다잖아. 그리고 간접흡연의 피해가 더 크단 말이야."

"뱃속에 있는 애들도 앞날에 대한 고민이 오죽 많겠냐? 냅둬! 숨통이 좀 트이게."

"하여간 말은……."

소희 언니가 담배꽁초를 휴지에 뭉치며 한숨을 내쉰다. 소희 언니는 요즘 들어 담배를 더 많이 피운다. 예정일이 가까워지자 마음이 더 불안한가 보다.

고운 세상에는 고딩들이 많다. 그래서 아이들하고 이야기를 하다 보면 자연스럽게 학교 이야기로 빠져 버린다. 애들 얘기는 장소만 바뀌었지 똑같다. 담임들 흉보고, 부모들 씹고. 그런데 나는 효은이가 하는 이야기를 듣고 깜짝 놀랐다.

"우리 담임이 병가 내 줄 테니까 아기 낳고 꼭 학교에 다시 오래."

"어머, 그런 담임도 있어? 인터넷에서 보니까 학교에서 자퇴하라고 압박한다는데."

"자퇴하면 학교 땡이잖아."

정말 좋은 어른들도 있구나! 우리 담임은 날 이해해 주었을까? 꿈 깨라. 그 권위에 가득 찬 꼰대 생물이? 아니야, 이렇게 사라지는 것보단 얘기를 한번 해 볼 걸 그랬나? 지금이라도 찾아가서 병가를 내 달라고 하면? 이 배를 이끌고? 몰라, 안 되면 다시 내년에 1학년 1학기로 입학하면 되겠지 뭐. 그럼, 애들보다 한 해 후배가 되는 건가? 귀엽다, 정하연…….

오전에 단체로 모여 영상 자료를 보았다. 화면 속에 파란 하늘과 예쁜 꽃들이 피어 있는 나지막한 동산이 보였다. 그리고 깔깔대는 어린아이들의 웃음소리가 들리면서 어린 아기 천사들이 나풀거리며 나타났다. 춤추고 노래하는 아기 천사들의 모습이 앙증맞고 사랑스러웠다. 주인공 여자가 미소를 띠고 아기 천사들을 바라보고 있었다. 그때 한 아기 천사에게 밝은 빛이 비쳤다. 그 천사를 물끄러미 바라보던 여자가 깜짝 놀라 소리쳤다.

"아! 아이야, 너는? 어디에서 많이 본 듯한 얼굴이구나."

여자가 슬픈 얼굴로 아기 천사에게 다가갔다. 그리고 아기 천사를 안고 중얼거렸다.

"아, 너는, 너는…… 그 아이였구나!"

여자의 슬픈 울음소리가 들렸다. 여자가 지워 버린 아기가 천사가 되었다는 이야기였다.

"자, 여러분! 이 영상을 보니 여러분이 얼마나 아름다운 선택을 했는지 알게 되었지요. 정말 생명은 소중한 거예요."

그래, 그동안 힘들었지만 결국 나도 아름다운 선택을 한 거야. 원장님의 설명이 계속되는데 사감이 내 어깨를 툭 치며 소포를 건네주었다. 발신인은 정수연. 포장지를 가만가만 뜯었다. 예쁜 연두색 임부복이다. 이걸 보내려고 며칠 전에 주소를 물었구나. 소포 안에 무슨 글이라도 한 줄 있을 줄 알았는데 아무것도 없다. 선물을 받아들고도 쓸쓸한 마음이 들었다.

토요일 오후다. 채강이, 진아, 현규한테서 계속해서 문자가 왔다.

―하연아, 너 정말 어디에 있니?

―제발 연락 좀 해라. ㅠㅠ

―오늘 연락 안 하면 가출 신고 한다.

끝없이 쌓여 가는 문자를 보니 마음이 흔들렸지만 그래도 이를 앙 다물었다. 미안하다. 얘들아, 난 너희들에게 두 번 버림받기는 싫어. 날 동정하는 것도 싫고. 너무나 외로울 땐 나도 모르게 핸드폰에 손이 가지만 난 악착같이 참을 거다. 어금니를 깨물면서……. 그런데 채강이가, 채강이가 많이 보고 싶다. 자꾸만…… 보고 싶다…….

해거름에 사무실에서 인터폰이 왔다.

"정하연. 친구들 면회 왔어. 내려와."

설마, 애들이! 심장이 마구 뛰었다. 조금 전까지 어금니를 깨물면서 참아 내겠다는 결심이 한순간에 사라져 버린 것 같았다. 설레는 마음을 감추지 못하고 밑으로 내려갔다. 정말 마당에 채강이, 진아, 현규가 서 있었다.

"야, 너 정말 너무했어! 어쩌면……."

진아가 눈물을 찔끔거렸다.

"어떻게 알고?"

"모텔 아주머니가 알려 줬어."

"너, 아지모를 이렇게 따돌려도 되는 거니?"

"내가 뭘? 너희들이 나 귀찮다며?"

"아냐! 뭘 귀찮아."

진아와 내가 옥신각신하자 현규가 머리를 긁적이며 내 옆으로 다가와 말했다.

"정하연, 지난번엔 내가 미안했어!"

"됐네요. 너…… 아이스크림이나 사. 아기가 먹고 싶대."

"뭐, 아이스크림? 응. 알았어. 가자."

현규가 장난스럽게 내 어깨를 밀자 말없이 서 있던 채강이의 눈길이 내 배에서 멈추었다.

"짜식, 아빠라고……."

현규가 눈치를 채고 채강이 머리를 쥐어박으며 놀렸다.

"하연아, 어때 지낼 만해?"

진아가 내 팔짱을 끼며 물었다.

"그럭저럭……."

"그럭저럭?"

"애들이 많으니까 짜증 나는 일도 많지만…… 뭐, 괜찮아."

"하연아, 끝까지 힘내고……."

"진아야, 걱정하지 마. 내가 알아서 잘할게."

우리는 근처에 있는 백화점으로 갔다. 아이스크림 가게에서 아이스크림을 먹은 후, 진아가 아기 용품을 사자고 해서 6층으로 갔다. 매장 직원이 아이들과 나를 번갈아 보며 고개를 갸웃거렸지만 진아는 눈치 없이 호들갑을 떨었다.

"야, 이 옷 좀 봐. 너무 귀엽다. 꼭 인형 옷 같지 않니? 어, 배냇저고리다. 이게 가장 필요한 거야. 야, 이 모자 좀 봐. 진짜 귀엽다. 어머머, 이 앙증맞은 양말 좀 봐."

우리는 하얀 배냇저고리와 연두색 모자, 방울이 달린 양말을 샀다.

"야, 아기가 햄버거도 먹고 싶대."

"그럼, 바로 먹여 줘야지."

우리는 1층에 있는 패스트푸드점으로 갔다. 진아가 의자에 앉아 주위를 한번 둘러보더니 목소리를 낮추어서 말했다.

"야, 아기 이름을 뭐라고 지을래? 음, 채강이하고 하연이 아기니까 채연. 어때? 채강의 채와 하연의 연을 합쳐서."

현규가 진아를 빤히 바라보며 말했다.

"그건 여자 이름이잖아. 그러다 남자애면?"

"그러네. 채연은 여자 이름이니까 음, 뒷글자를 따서 강연. 어때? 임강연. 괜찮지? 아니야, 아빠 성만 쓰는 건 양성평등에 어긋나니까 요새는 엄마 성을 붙여 쓰기도 하잖아. 그럼, 임정강연!"

진아가 소리 나지 않게 손뼉을 치며 말했다. 그 모습을 보고 벽에 머리를 비스듬히 기대고 앉아 있던 채강이가 희미하게 웃었다.

그때 내 뱃속에 아기가 자기 얘기를 하는 소리를 들었다는 듯이 불룩불룩 움직였다. 나는 배를 앞으로 내밀며 말했다.

"야, 내 배 좀 봐."

"어, 이 녀석 움직인다. 이 녀석은 남자애야. 봐, 축구하려고 발길질을 하잖아."

"야, 남자만 축구하냐? 여자도 축구할 수 있어. 얜 여자야."

현규의 말에 진아가 내 배를 만지며 킥킥댔고 채강이는 멋쩍은 표정으로 얼굴을 붉혔다. 진짜 이상하다. 아이들 앞에서 배를 쑥 내밀어도 하나도 안 창피하다. 아니, 자랑스럽기까지 하다. 이래서 임신한 영어 선생님을 보고 아이들이 "창피하지도 않나 봐. 배를 쑥 내밀고 걷는다" 하고 흉을 보았지만 정작 본인은 지금 내 마음처럼 자랑스러웠기에 배를 더 내밀고 다녔나 보다.

"정말 신기하다! 어떻게 저 뱃속에 아기가 들어 있지? 캄캄한 데서 웅크리고 있으면 답답할 거야. 그렇지 않냐?"

현규가 내 배를 보며 말했다.

"너도 한번 만져 봐. 말도 다 알아들어. 아가야 하고 불러 봐."

진아가 현규 손을 끌어다 내 배에 대어 주자 현규가 얼굴을 붉히며 말했다.

"아가야, 잘 있니? 나, 이현규, 네 삼촌이다. 인마. 너 남자 맞지?

뭐, 뱃속에 있으니 답답하다고? 봐, 답답하다고 하잖아. 그럼 빨리 나와서 나랑 축구하자. 히히힛……."

"야, 됐어. 축구 좋아하네. 얜, 귀여운 여자애야! 맞지? 아가야……."

진아와 현규가 장난쳐도 채강이는 옆에서 빙긋이 웃고만 있다. 저 눈빛과 웃음이 슬프게 내 가슴을 찌른다. 진아야, 현규야, 너희들은 모를 거야. 채강이와 난, 무지 기쁘면서도 슬프다는 것……. 기쁨과 슬픔도 결국 하나일 수 있다는 것을.

"참, 너희들한테 줄 선물이 있어. 자, 기대하시라."

나는 수첩에 끼워 둔 네 잎 클로버 책갈피를 꺼냈다. 그동안 반듯하게 말려서 코팅하고 매듭까지 묶어서 정성껏 만든 거다.

"짠―."

"야, 예쁘다!"

"너희 아지모들에게 행운이 있기를 진심으로 바라며……."

"야, 고마워! 완전 감동이다."

"진아야, 현규야, 채강아. 난, 너희들한테 고맙다는 말은 안 할 거야. 그 말이 너무 작은 것 같아서. 그냥, 내 마음만 받아 줘."

"야, 정하연, 너 너무 어려운 말 쓰면 우리 못 알아듣는다. 특히 채강이 얜…… 머리가 좀 달리잖아. 하하하."

"죽는다!"

현규가 채강이 머리를 쥐어박으며 큰 소리로 웃자 채강이가 눈을 한 번 치떴다.

"임채강, 너 성격 많이 좋아졌네! 전 같으면 현규한테 이런 말 들으면 길길이 날뛰었을 텐데. 하긴 아픈 만큼 성숙해진다잖아."

진아가 채강이를 보며 놀리듯 말했다. 아픈 만큼 성숙해진다! 그러고 보니 나, 정하연도 그 잘난 자존심이 많이 죽고, 그 까칠한 성깔과 왕내숭 떨던 성격도 좀 변한 것 같다.

그러나 임채강, 너무 기죽지는 말자. 나도 언제까지 이 성격 유지할진 장담할 순 없지만 그래도 절대 기죽고는 안 산다. 맛나분식 아줌마인 우리 엄마가 늘 하던 말씀, 앞날이 구만리 같은 청춘들이 포기라니! 아 참, 우리 아빠 정상현의 말씀도 있지. 줄을 타고 내려올 때 비로소 날고 싶은 꿈을 이룬 것 같다고. 어려움 속에서도 희망을 놓지 말라는 말이야. 그러고 보니 우리 부모님의 희망 메시지도 꽤 괜찮다, 그치? 내가 채강이 얼굴을 물끄러미 바라보며 생각에 빠져 있을 때, 채강이도 내 얼굴을 가만히 바라보며 말했다.

"현규야, 진아야, 먼저 가. 나 하연이 바래다주고 갈게."

"그럴래? 그럼 우리 먼저 간다. 하연아, 이젠 우리 몰래 도망가지 마. 몸조심하고, 아가야도 잘 있어. 또 올게."

"잘 가!"

진아와 현규가 버스를 타고 떠난 뒤 채강이와 나는 손을 잡고 걸었다. 저녁 바람에 길가에 피어 있는 코스모스가 춤을 추었다. 채강이가 진홍색 코스모스꽃을 한 송이 꺾어서 내게 건네주며 말했다.

"하연아, 후회하니?"

채강이가 속삭이듯 물었다.

"아니. 넌?"

"나도, 아니야."

"그런데 채강아, 사실은…… 나 무척 겁나. 솔직히 처음에는 아기를 낳으면 입양시키는 게 당연한 줄 알았는데 갈수록 마음이 자꾸 흔들려. 채강아, 어떻게 해? 아기를…… 흑…… 어떻게……."

재빨리 입을 막았지만 울컥 올라오는 울음을 막지 못했다. 채강이가 내 손을 더 꼭 쥐더니 길가에 있는 벤치로 나를 이끌었다. 나는 채강이 가슴에 얼굴을 묻었다. 나를 안고 있는 채강이의 팔이 떨렸다.

"하연아, 미안해!"

채강이 목소리가 젖어 있었다. 채강이가 내 배에 가만히 손을 얹었다. 밤하늘에 별이 총총할 때까지 우리는 그렇게 앉아 있었다.

채강이를 보내고 고운 세상으로 돌아왔다. 기숙 언니가 계단에 앉아 울고 있었다. 계단 밑에는 어떤 남자가 언니를 쳐다보며 화를 내고 있었다.

"야, 난 책임 못 져. 그러니까 까불지 말고 입양시켜 버려."

"오빠, 우리 아기 키우자. 응, 제발 부탁이야. 우리 같이 살면 되잖아."

"안 돼. 난 아직 결혼할 생각 없어. 그러니까 자꾸 전화해서 징징대지 마."

"오빠, 제발……."

남자가 거칠게 문을 밀고 나갔다. 기숙 언니가 따라가서 한 손으로 배를 끌어안고 남자를 붙잡았다. 남자가 기숙 언니를 밀어냈다. 기숙 언니는 그 자리에 쪼그리고 앉아서 울었다. 저, 나쁜 놈! 기숙 언니한테서 그 뻔뻔한 남자 이야기를 몇 번 들었던 터라 입속에서 욕이 뱅뱅 돌았다. 저런 놈한테 매달리는 기숙 언니도 참 못났다. 뭐, 그 오빠를 사랑한다고, 웃기고 있네. 저런 개 같은 놈을…… 구역질이 확 치밀었다. 정말 이곳에 있으면서 사연을 들어 보면 한심한 인간들이 너무나 많다. 애를 가졌다고 하면 도망치거나 당장 수술해 버리라고 협박하는 치사한 인간들. 모든 책임을 여자들한테만 떠넘기는 비열한 놈들. 그런데 저런 놈들의 개구라를 믿고 질질 짜고 있는 여자들을 보면 정말 답답해서 미치겠다. 나는 기숙 언니가 우는 것을 보고도 그냥 지나쳐 올라왔다. 괜히 친구들을 만나서 좋았던 기분이 삽시간에 찬물을 끼얹은 듯 싸늘하게 식었다.

소희 언니가 딸을 낳아서 입양시키고 집으로 돌아간 날, 입양 기관에서 나온 상담사가 나를 불렀다.

"하연아, 아기 어떻게 할 거야? 키울 거야? 아니면 입양 보낼 거야?"

그동안 아기를 양부모에게 맡기는 일과, 아기와 헤어지는 상상을 하면서 혼자서 남몰래 운 적도 있지만, 막상 상담사가 이렇게 물으니 가슴이 덜컥 내려앉았다. 겁나서 대답이 나오지 않았다.

"입양시키려면 반드시 부모님이나 보호자가 와서 입양 동의서에 서명을 해야 해."

정말 미치겠다. '엄마, 나 아기를 낳아서 입양시켜야 하는데 엄마 도장이 필요해.' 수연 언니 옆에서 세상 경험 하면서 잘 살고 있다는 딸년이 미혼모 집에서 전화한다면 우리 엄마, 기절할 거다.

하루 종일 매서운 겨울바람이 웅웅 소리를 내며 울었다.

"하연아, 나 아기 낳을 것 같아."

기숙 언니가 점심때부터 배가 아프다고 하더니 저녁을 먹고 난 후, 배를 움켜잡고 말했다. 내가 인터폰을 하자 원장님과 사감이 올라와 기숙 언니를 데리고 병원에 갔다. 두려움이 가득한 얼굴로 보름달 같은 배를 안고 계단을 내려가는 언니를 보니 콧등이 찡했다. 아기를 낳을 때 죽을 만큼 아프다는데 어떡하나? 나쁜 자식! 지난번에 본 기숙 언니의 남친이라는 그 나쁜 자식을 끌고 와서 언니가 고통스러워하는 모습을 보여 줘야 하는데, 축복받지 못하고 이 세상에 오는 가엾은 아기를 그놈 두 눈 앞에 똑똑히 보여 줘야 하는데……. 정말 분하다.

다음 날 점심때가 지났는데도 병원에 간 기숙 언니의 소식이 없어서 궁금했다. 원장님께 물어보려고 2층으로 내려가서 사무실로 들어가려는데 안에서 말소리가 들렸다.

"기숙이 그 착한 아이가…… 옆에서 보기에 얼마나 딱한지. 그 어린것이 입을 꼭 다물고 얼마나 잘 참아 내던지……. 그러니까 어제저녁 6시에 병원에 갔으니까, 무려 열일곱 시간이 지났네. 분만실에 들어갈 때는 눈동자가 풀린 것 같아서 가슴이 덜컥했어요. 기숙이가 마음고생이 심해서 그런지 아기도……."

갑자기 말소리가 뚝 끊겼다. 내가 밖에 있는 기척을 느꼈는지 사감이 고개를 내밀었다.

"어, 하연이네? 왜?"

"기숙 언니 아기 낳았어요?"

"응, 아들이야. 산모도 아기도 아주 건강하고 좋아."

원장님이 밝은 목소리로 활짝 웃으며 말했다. 조금 전에 밖에서 들었던 걱정스러운 목소리가 아니다. 곧 출산을 앞둔 내가 겁을 먹을까 봐 그러는 것 같다. 어쨌든 다행이다. 기숙 언니가 무사히 아기를 낳았으니. 오늘 이 세상에 온 아가야, 축하해!

닷새째 되던 날 기숙 언니가 병원에서 돌아왔다. 그 작고 뽀얗던 얼굴이 부석부석해져서 언 호박처럼 멀겋게 보였다.

"언니, 많이 아팠어?"

"정말 죽는 줄 알았어. 진통이 심할 때는 차라리 죽는 게 낫겠다는 생각이 들면서, 제발 누가 날 좀 죽여 줬으면 좋겠더라. 그러다가 나중에는 죽기 아니면 살기다 하고 오기로 버텼어. 정말 애 낳는 게 이렇게 힘든 줄 몰랐어. 남자들은 이런 것도 모르고……."

기숙 언니 눈가에 원망스러운 물방울이 설핏 비쳤다.

"그런데 말이야, 간호사가 내 가슴에 아기를 안겨 주는데, 어쩜 아기를 안는 순간 그 고통이 순식간에 다 날아가 버리고 가슴이 막 벅차오르는 거 있지. 그건 말로 표현할 수 없는 기쁨이야."

"정말?"

"그럼, 우리 아기 얼마나 예쁘고 귀여운데……."

언니가 고개를 숙이며 손가락으로 눈가의 물방울을 찍어 냈다. 효은이와 나는 아기를 보려고 2층으로 내려갔다. 아기는 바구니에 담겨 쌕쌕 숨소리를 내며 잠들어 있었다. 나는 그렇게 작은 아기를 본 적이 없다. 손바닥 반도 안 되는 작은 얼굴에 눈, 코, 입이 있다. 정말 신기했다.

"아이, 귀여워! 어쩜, 이렇게 예쁠까!"

"기숙 언니 꼭 닮았네."

효은이와 나는 아기를 들여다보며 즐거워했다. 그러나 아기를 보고 돌아서 계단을 올라올 때는 아무도 입을 떼지 않았다. 내일이면 저 귀여운 아기가 기숙 언니를 떠나 입양 기관으로 가기 때문이다.

그날 밤 기숙 언니는 밤새 잠을 이루지 못하는 것 같았다. 다음 날 아침도 먹지 않았다. 간호사가 젖병을 가져와서 유축기로 젖을 짜 갔다. 그러나 이내 또 젖이 불어서 가슴에 대고 있던 수건에서 젖이 뚝뚝 흘렀다. 나는 벽에 걸린 시계를 치워 버렸다. 말없이 앉아서 연신 시계만 쳐다보는, 까맣게 타들어 가는 언니 모습을 보는 게 고통스러웠기 때문이다. 이상이 쓴 『날개』의 "박제가 되어 버린 천재를 아시오?"라는 구절이 생각난다. 지금 기숙 언니에게 딱 맞는 말이다. 저렇게 까맣게 타들어 가다가 어느 순간 박제가 되어 굳어 버릴 것만 같다.

"언니, 아기 데려올까?"

기숙 언니가 고개를 저었다.

"가기 전에 얼굴이라도 봐야 하잖아."

기숙 언니가 또 고개를 저었다. 아침을 먹고 간호사가 아기를 안고 올라왔다. 고운 세상 원장님은 아기를 입양 보내기 전에 생모와 있을 시간을 준다고 했다. 그래야 생모가 자신이 한 일에 책임을 지고 떠나보낸 아기를 생각하며 마음을 모질게 먹고 살아갈 수 있다고 했다. 그러나 어떻게 생각하면 그건 너무 잔인하다. 차라리 서로 얼굴을 보기 전에 바로 입양시키는 게 나을 것 같았다. 아기 모습이 평생 아픔으로 가슴에 남을 테니까.

기숙 언니가 아기를 안았다. 언니 두 눈에 눈물이 그렁하다. 간호사가 눈짓으로 방 안에 있던 사람들을 나오라고 했다. 우리는 모두 일어나서 밖으로 나갔다. 문밖으로 기숙 언니의 울음소리가 들렸다. 그렇게 잠시 시간이 흐른 후, 간호사가 아기를 안으러 왔다. 기숙 언니가 가랑잎 같은 몸을 일으켜 사감의 팔을 붙잡고 아기를 내려다보았다.

"아가야……."

기숙 언니의 눈물이 아기의 얼굴 위로 방울방울 떨어졌다. 간호사가 얼른 아기를 안고 밖으로 나갔다.

"아니야…… 아기를 보낼 수 없어요!"

언니가 벌떡 일어났다.

"안 돼, 언니. 이러면……."

내가 언니를 붙잡자 기숙 언니가 나를 힘껏 밀쳐 내고 계단을 뛰어 내려갔다.

"안 돼요, 내 아기…… 내 아기 돌려줘…… 안 돼!"

언니의 절규가 복도에서 메아리쳤다. 이 방 저 방에서 어린 엄마들이 깜짝 놀란 표정으로 뛰어나왔다. 사감이 기숙 언니를 따라가려던 우리를 제지했다. 나는 계단에 앉아서 언니를 기다렸다.

한참 후, 기숙 언니가 통통 부은 눈으로 아기를 안고 올라왔다. 기숙 언니가 옷을 걷어 올리고 아기에게 젖을 물렸다. 눈도 못 뜨는 아기가 고 작은 입술을 벌려 젖을 물고 쫄쫄 빨아 댔다. 젖 넘어가는 소리가 꼴깍꼴깍 들린다. 그 모습을 보고 사감이 작은 목소리로 말했다.

"기숙아, 잘 생각해 보고…… 다시 결정해도 돼."

"아니에요. 난, 우리 아기 안 보낼 거야. 열심히 돈 벌어서 아기 키우며 살 거예요."

기숙 언니 목소리가 단호했다. 나는 작고 귀여운 아기 손을 가만히 쥐어 보았다. 세상에서 가장 귀한 보석을 잡은 것처럼 가슴이 떨렸다. 그러나 복지사가 하던 이야기가 생각나서 마음은 무척 무거웠다.

"아기를 키운다고 했던 엄마들이 결국 생활고에 시달려서 다시 아기를 맡기러 와. 지난봄에 지영이도 아기를 키운다고 데리고 나갔어. 낮엔 제과점에서 일하고 밤엔 주유소에서 악착같이 일했나 봐. 그런데 그 돈으론 아기 돌봐 주는 사람 인건비 주고 우윳값도 모자라서 결국 다시 찾아왔더라고……"

오후에, 간호사가 나와 효은이를 데리고 병원에 검진을 받으러 갔다. 의사가 내 배를 만져 보더니 말했다.

"아기 머리가 밑으로 많이 내려왔네. 출산 예정일이 앞당겨질 수도 있겠어."

"얼마나……"

"그건 이 뱃속에 있는 아가에게 물어보면 알 거야. 아가야, 너 언제 나오고 싶니?"

의사가 초음파 검사 준비를 하며 나를 내려다보고 농담했다.

"자, 어디 보자. 아기 잘 보이지?"

화면에 아기가 보였다. 머리, 가슴, 배, 웅크리고 있는 두 팔과 다리, 아기 심장이 뛰는 것도 보였다. 초음파로 볼 때마다 정말 신기하다. 어떻게 뱃속에 저렇게 아기가 들어 있는지! 의사 선생님이 초음파 사진을 찍어서 줬다. 흑백사진이지만 아기 모습이 선명하게 보였다. 나는 아기 사진을 손바닥에 올려놓고 가만히 쓸어 보았다. 손바닥에 아기의 숨결이 느껴지는 것 같았다.

토요일이다. 친구들이 온다고 문자가 왔다. 그런데 며칠 전부터 감기에 걸려 앓았는데 원장님이 면회를 시켜 줄지 모르겠다. 나는 아침부터 창가에 앉아서 친구들을 기다렸다. 뱃속의 아기도 내 마음을 아는지 발길질을 해 대며 장난을 걸어온다. 어디서 보니 배에 청진기 같은 것을 대고 이야기하는 게 있던데 나도 그런 거 하나 있었으면 좋겠다. 그러면 아기하고 더 재미있게 이야기할 수 있을 텐데. 참, 오늘 친구들이 오면 아기 초음파 사진을 꼭 보여 줘야지.

점심을 먹고 나자 드디어 나를 찾는 인터폰이 울렸다.

"야, 어서 와. 보고 싶었어."

"나도!"

진아가 나를 끌어안았다.

"하연아, 잘 있었어?"

채강이가 환하게 웃으며 손을 내밀었다.

"하연아, 너 무척 심심했지? 자, 오늘 아지모 회원들의 모임 장소는 노래방으로 정했습니다. 짝짝짝!"

현규가 마이크처럼 주먹을 입에 대고 말하더니 혼자서 손뼉을 쳤다. 아이들은 이미 고운 세상 근처에 있는 노래방을 알아보고 온 모양이다. 원장님한테 외출 허락을 받으러 갔더니 안 된다고 했다. 그러나 애들을 만나면 기분도 전환되고 스트레스가 풀려서 감기가 나을 거라고 떼를 썼다. 그랬더니 온몸을 단단히 감싸고, 얼굴엔 마스크를 하고, 밖에서 놀지 말기, 외출 시간을 세 시간 이상 넘기면 안 된다는 다짐을 받은 후 허락해 주었다. 기분이 좋았다. 아이들과 함께 먼저 중국집에서 자장면을 먹었다. 그리고 노래방에 갔다. 나는 노래방에 들어가자마자 아이들에게 초음파 사진을 보여 주었다.

"자, 봐. 아기 사진이야."

"우아!"

아이들이 서로 이마를 맞대고 사진을 보았다.

"음, 아기가 잘생긴 것 같아. 아니, 이 코하고 얼굴 좀 봐, 채강이 닮았다! 크크……."

진아가 채강이 얼굴에 사진을 갖다 대며 웃었다.

"야, 왜 내가 아니라 채강이를 닮아?"

"어, 하연이 너 뭘 모르나 본데, 원래 첫째는 아빠를 닮는다잖아."

현규의 말에 채강이가 얼굴을 붉혔다.

"야, 임채강. 너도 이제 쑥스럼 좀 그만 타. 하연아, 채강이 얘 요즘 너무 말이 없는 것 같지 않니? 아니, 지가 뭐 도통한 도사라고!"

"내가 뭘……."

진아가 옆에서 면박을 주자 채강이가 계면쩍게 웃으며 말을 얼버무렸다.

"자, 오늘은 태교를 위해 되도록 고운 노래만 불러야 돼."

노래를 부르기에 앞서 진아가 주의를 주었다. 그러나 차분하게 몇 곡이 돌아간 후, 흥이 난 아이들이 저절로 목소리를 높여 신나게 몸을 흔들며 노래를 불렀다.

"야, 너희 아지모 맞냐? 이것들이 엄마와 아기를 지키는 게 아니라 아주 저들 스트레스 풀러 온 것 같아."

진아가 뾰로통해서 말했다.

"아. 미안 미안, 너도 알다시피 대한민국 고딩들의 스트레스가 하늘을 찌르잖아. 자. 이쪽으로 오세요."

현규가 내 손을 붙잡고 방 가운데에 세웠다. 아이들이 나를 둘러싸더니 내 손을 잡고 빙빙 돌며 춤을 추었다. 갑자기 배가 밑으로 쏟아지듯이 아팠다. 아이들이 깜짝 놀라서 나를 소파에 눕혔다. 진아가 당황해서 소리를 빽 질렀다.

"야, 그러게 내가 조심하라고 했잖아. 어째 우리는 뱃속에 있는 아기 인생에 도움이 안 될 짓만 하냐? 아가야, 정말 미안 미안! 용서해 주세요."

진아가 내 배를 살살 만졌다.

"야, 너 배 정말 많이 불렀다. 겁나, 터질 것 같아서……. 하연아…… 이제 너희 엄마한테 말해야 할 것 같아. 곧 아기도 나올 것 같은데……."

"야, 안 돼. 울 엄마 죽어."

"치, 죽긴. 그래도 딸을 가장 잘 이해하는 게 엄마더라."

"야, 너는 남의 일이라고 그렇게 쉽게 말하니? 네가 나라면 이 꼴을 해 가지고 엄마한테 말할 수 있겠니?"

"얘가 왜 화를 내고 그래?"

"몰라, 겁나서 그래."

"그래도 이제는 말해야 해. 그럼 내가 한다?"

"너한테 들으면 우리 엄마 더 자존심 상하지."

"어련하시겠니. 한 자존심 하는 정하연과 그의 어머니신데."

"내가 뭘?"

"자존심 하면 정하연이잖아. 너 말할 때 자존심이란 말 가장 많이 쓰는 것 알아?"

"아유, 몰라 자존심 상해."

"저 봐. 또……."

진아가 나를 빤히 바라보며 핀잔을 주자 현규가 말했다.

"진아야, 너무 그러지 마. 자존심이란 또 다른 양심이니까. 아니, 더 거창하게 얘기해서 인간을 인간답게 만들어 주는 정의 같은 것, 생각해 봐. 멍멍개들이 자존심이 있겠냐. 동물들은 자존심 없이 인간한테 붙어서 쫄쫄 따라다니잖아."

"야, 이 시점에 왜 멍멍개 얘기가 나와?"

"그러니까 내 말은 하연이가 그래도 자존심 때문에 그동안 어려움을 잘 참아 냈다는 거지. 그러니까 하연이 자존심은 정의를 향한……."

"야, 됐어 됐어. 제발 아는 척 좀 그만해."

진아가 현규의 말을 자르며 면박을 주었다. 그러고 보니 정말 난 자존심으로 똘똘 뭉친 덩어리다. 그런데 내가 가지고 있는 자존심은 현규가 말한 양심이나 정의라기보다는 나 자신의 열등감을 숨기기 위한 어떤 위장인지도 모른다는 생각이 스쳤다. 그래, 우리 아빠가 술에 취해서 가장 많이 하는 말도 자존심인 것을 보면 아빠와 난, 자존심이란 가면을 하나씩 쓰고 세상을 살아가고 있는지도 모르겠다.

14

고운 세상 잔칫날이다.

오늘은 외부에서 손님들이 많이 오기 때문에 식구들이 힘을 합해서 부지런히 청소했다. 식당에는 뷔페 음식이 가득 차려졌다. 사무실 한쪽 벽면 앞에는 탁자들을 붙여 놓고 우리가 틈틈이 만든 작품들을 전시했다. 십자수, 퀼트, 테디 베어, 비즈 공예, 리본 작품 등이다. 나는 그동안 십자수 열쇠고리 네 개와 퀼트 공 세 개를 만들었다. 열쇠고리는 아지모 애들에게 나눠 줄 거고 공은 아기에게 선물로 줄 거다. 한 땀 한 땀 바느질을 하면서 나는 속으로 간절히 기도했다. 비록 나같이 어린 엄마를 만나서 불행하게 태어나지만 오래오래 건강하고 행복하게 잘 살기를.

"하연아, 오늘 여기 강현 오빠 온대. 어떡해!"

효은이가 배를 끌어안고 계단을 올라오다 나를 보고 소리쳤다.

"뭐, S. U. 멤버, 강현 오빠?"

"그렇다니까. 나 강현 오빠 팬클럽도 가입했잖아. 아, 짱 좋아!"

"그런데 연예인이 여기 왜 와?"

"몰랐어? 강현 오빠도 고운 세상 후원회 회원이야."

"아, 그랬구나. 그 오빠 노래 채강이가 무척 좋아하는데…….."

인기 가수가 온다는 소식을 들은 이 방 저 방의 어린 엄마들이 배를 끌어안고 밝은 표정으로 껑충껑충 뛰면서 손뼉을 치고 야단이었다. 저 모습은 다른 중, 고딩들과 다를 바 없다. 하긴, 3층에 두 대밖에 없는 컴퓨터를 서로 하겠다고 다투거나 쌜쭉거리고 토라질 때 보면 유치하기 짝이 없는 애들이니까.

뉴스가 퍼진 후, 아이들이 씻고 닦고 치장하느라 야단이었다. 화장실에는 물이 넘쳐흐르고, 방 안에는 옷이 가득 널려 있다. 방마다 한쪽에선 아이들이 이 옷 저 옷을 입어 보며 가장 예쁜 옷을 고르고, 다른 쪽에선 얼굴에 화장하느라 정신이 없었다.

"얘들아, 그만 좀 해. 아유, 내가 못 살아. 온 데 물바다네."

사감이 소리소리 쳤지만 아이들은 아랑곳하지 않고 헤헤거리며 치장했다. 나도 텔레비전에서만 보던 그 잘생긴 가수를 직접 본다고 생각하니 가슴이 설레었다. 그래서 아이들 틈바구니에 끼어

들어 머리를 감고 옷을 갈아입었다. 다행히 지난번에 언니가 부쳐 준 연두색 임부복이 몸에 잘 맞았다.

강현 오빠 사인을 꼭 받아 두었다가 채강이에게 주어야지.

점심때가 되자 손님들이 모여들었다. 시청 복지과에서 나온 공무원들, 알 만한 대학교의 복지학 교수라는 사람들, 여성가족부 무슨 국장, 그리고 후원자에다 자원봉사자들까지 한꺼번에 들이닥쳐서 고운 세상이 갑자기 시끌시끌해졌다.

"자, 어린 엄마들은 중간에 모두 앉으세요."

원장님의 지시에 따라 우리는 중간에 줄지어 놓인 의자에 앉았고 우리 둘레에 손님들이 앉았다. 기분이 영 찜찜했다. 뭐야, 우리가 무슨 동물원의 원숭이들인가? 중간에 앉히고 자기들은 우리를 뺑 둘러앉고, 눈길이 마주칠 때마다 보내는 저 애매모호한 미소는 뭘 의미하는 거지? 설마, 동정? 그럴 수도 있지. 세상은 모두 어른들의 잣대로 재단되니까. 아니야, 지금 정하연, 네 속이 잔뜩 꼬여 있어서 그렇게 삐딱하게 보이는 거야. 저 사람들은 나처럼 오갈 데 없는 미혼모들을 위해서 애쓰고 있는데…… 정하연, 정말 왜 그러니, 엄마가 되었으면 마음 좀 곱게 써라. 제발…….

후원회 날 행사가 시작되었다. 국기에 대한 경례도 하고 애국가 1절도 불렀다.

"야, 강현 오빠는 왜 안 오는 거야?"

애들은 강현 오빠를 기다리느라 서로 소곤거렸다.

"왔다! 왔다!"

갑자기 문 쪽에 앉아 있던 아이들의 목소리가 높아졌다. 강현 오빠다! 강현 오빠가 빙긋이 웃으며 손을 흔들었다. 앞에서 원장님이 순서를 진행하는데도 몇몇 아이들은 눈치 없이 일어나서 강현 오빠 옆으로 몰려갔다. 원장님이 당황한 목소리로 말했다.

"자, 여러분, 강현 씨를 많이 기다린 모양이에요. 오늘 강현 씨가 여러분을 위해 충분히 시간을 내준다고 약속했으니까 걱정하지 말고 자리에 앉으세요."

"와—."

아이들이 손뼉을 치며 소리쳤다. 식이 길어지자 아이들 얼굴에 지루한 표정이 그대로 나타났다. 어떤 아이는 옆 사람에게 노골적으로 투덜댔다.

"야, 왜 이렇게 길게 하냐?"

"그러게 말이야. 빨리 강현 오빠랑 사진 찍고 싶은데."

그 말을 신호로 여기저기에서 또 아이들이 속닥거렸다. 난처해진 원장님이 멋쩍은 웃음을 흘리고, 둘러앉은 어른들은 큼큼 헛기침으로 눈치를 주었다. 그러나 들뜬 아이들의 마음을 가라앉힐 수는 없었다. 드디어 식이 모두 끝나고 손님들이 전시된 작품을 보려고 일어나자 아이들이 한꺼번에 강현 오빠한테 몰려갔다. 아우성을 치며 사인을 받고 사진을 찍었다. 나도 사인을 받고 같이 사진도 찍었다. 강현 오빠가 작품을 보러 가자 아이들이 우르르 따라다녔다.

"야, 예쁘다! 이거 누가 만든 거예요?"

앗! 저것은 내가 만든 퀼트 공인데. 알록달록 색동색으로 만든 내 아가에게 줄 선물!

"저요."

내가 손을 번쩍 들자, 강현 오빠가 공을 들고 내 옆으로 와서 물었다.

"누구 줄 거예요? 아기?"

"네……."

"야, 정말 좋은 엄마다! 예쁜 아기, 건강하게 순산하길 빌게요."

강현 오빠가 한 손으로 살짝 나를 끌어안으며 어깨를 두드려 주었다. 아, 아찔한 이 기쁨! 온몸에 전율이 일었다. 세상에 태어나서 이렇게 기분 좋은 느낌은 처음이다. 정말 붕붕 뜨는 것 같다. 그러나 원장님의 말과는 달리 강현 오빠는 단체 사진을 같이 찍고, 어린 엄마들의 손을 잡아 주며 따뜻한 말을 건넨 후, 방송 녹화가 있다며 환한 웃음으로 손을 흔들며 사라졌다. 아, 아쉽다. 그러나 오빠가 사라진 후에도 고운 세상의 어린 엄마들은 흥분된 목소리로 강현 오빠 이야기를 하며 행복한 하루를 보냈다.

"하연아, 효은아, 간호사가 8시 30분까지 밑으로 내려오래. 정기 검진 가는 날이래."

아침 일찍 인터폰을 받은 기숙 언니가 말했다. 해산 달에는 일주일에 한 번씩 검진을 받으러 병원에 간다.

"음, 요즘은 배가 좀 편하지? 아기 머리가 밑으로 내려가서 그래. 어이구, 저 녀석 뱃속에서 손 빨고 있는 것 좀 봐. 굉장히 식욕이 강한 녀석인 모양이야."

의사 선생님이 초음파 검사를 하면서 말했다. 뱃속에서 손을 빨고 있다니! 녀석, 그렇게 허겁지겁 먹어 치우던 나를 닮았나? 아니, 먹는 거라면 채강이도 만만치가 않지. 떡볶이 3인분을 혼자서 감쪽같이 먹어 치우니까. 아무튼, 아가야, 건강해 줘서 고마워!

고운 세상에 돌아오니 상담 선생님이 물었다.

"하연아, 엄마한테 연락했니?"

"아니요, 아직……."

"이젠 연락해야 해. 엄마도 시간이 필요해. 아기 입양에 대해서도 결정하려면……. 아님 내가 대신 할까?"

"아니요, 제가 할게요."

대답은 했지만 엄마 얘기가 나온 순간부터 몸이 떨리면서 가슴이 벌렁거렸다. 입술을 꼭 깨물었다. 어차피 한 번은 겪어야 하는 일이다. 이젠 더 이상 피할 수 없는 막다른 골목이다. 그런데 어떻게 할까? 엄마한테 무슨 말을 어떻게 시작해야 하나? 정말 모녀 사이가 이렇게도 가슴 떨리도록 가깝고도 먼 사이일까?

하루 종일 핸드폰을 들었다 놓았다를 수없이 반복했다. 그래, 엄마한테 전화하자. 설마 벼랑 끝에 서서 견디어 온 딸을 외면하지는 않겠지. 용기를 내어 번호를 눌렀다.

"엄마, 하연이!"

"잘 있는 거야? 수연이가 잘 챙겨 주디?"

"응. 걱정 마. 아빠는?"

"아직 좀 더 기다려야 해. 하연아, 아빠 너무 미워하지 마. 아빠가 어려서 부모한테 받은 상처가 많고 남들처럼 많이 배우지 못한 게 한스러워서 그래. 그래도 우리가 이만큼이라도 살 수 있는 건 아빠가 그 힘든 일을 하면서도 잘 견디어 온 덕분이잖아."

"나도 알아. 그런데 엄마, 나……."

"왜, 뭔 문제 있어? 이제 집에 와."

"나, 사실은…… 여기, 아니야. 엄마가 좀 올래?"

"지금? 어디로?"

"아니. 지금은 말고……그러니까, 아니, 내가 다시 전화할게. 그때 와."

"하연아. 얘, 하연아?"

가슴이 미어진다는 게 이런 걸 거다. 엄마의 애타는 목소리를 들으니 너무 마음이 아프다. 엄마와 정하연, 원래는 하나였다. 엄마 속에서 한 몸이었다가 어느 날 떨어져 나온 또 다른 엄마 자신일지 모르는 딸 정하연! 이 세상 누구보다도 가까운 사이! 그런데 왜 이렇게 엄마를 속이고 있는 거니? 넌 참 나쁜 아이구나! 나쁜 아이…… 아니야, 아니야. 사랑이야. 정하연이 엄마를 많이 사랑하기 때문이야. 그래서 엄마를 실망시키는 게 정말 마음이 아파서야. 사랑하는 엄마를 아프게 하는 게 두려워서야. 엄마가 너무 불쌍하잖아.

방 안에 누워서 아무리 생각해 봐도 엄마한테 입이 떨어질 것 같지 않았다. 정하연, 이렇게도 용기가 없니? 수연 언니? 그래, 수연 언니한테 먼저 물어보자. 언니라면 뭔가를 얘기해 줄 거다. 그동안 언니하고는 가끔 통화했으니까.

"언니. 나 하연이."

"괜찮아?"

"응."

"왜? 무슨 일 있어? 말해 봐."

"엄마한테 연락을 해야 하는데……."

"어유…… 어쩌냐? 알았어. 낼모레 쉬는 날이니까 내가 집에 한번 갔다 올게. 눈치 봐서 엄마 충격 안 받게 그때 이야기할게. 넌, 괜찮아? 뭐 도와줄 것 없어?"

"응, 난 괜찮아. 언니, 미안해!"

"미안하긴…… 잘 있어. 내가 집에 가서 상황 보고 전화할게."

언니, 정말 고마워! 그리고 정말 미안해! 엄마가 늘 말하던 형만 한 아우 없다는 말이 무슨 뜻인지 이제 알 것 같다. 엄만, 이미 알고 있었던 거야. 언니가 어떤 생각으로 살아가는지. 그래서 그 악바리 엄마가 언니를 밖에 내놓고도 살 수 있었던 거야. 이제는 나도 언니를 믿을 수 있을 것 같다. 지난번 언니를 만났을 때 그 눈빛에서 언니의 마음을 읽을 수 있었으니까.

언니가 집에 간다고 전화를 했다. 하루 종일 가슴이 조마조마하고 전화벨 소리에 심장이 팔딱거렸다. 제발 엄마가 충격으로 쓰러지지만 않으면 좋겠다. 하루 종일 간절히 빌었다. 제발 엄마가 내 소식을 잘 받아들이도록.

―하연, 엄마하고 지금 너한테 가고 있어.

다음 날 아침 언니한테서 문자가 왔다.

―어떻게?
―걱정하지 마. 가서 말할게.

언니하고 엄마가 지금 이리로 오는 중이란다. 다리가 와들와들 떨렸다. 이젠 죽었다. 아니, 엄마가 날 죽이려고 할 거다.
"하연아, 너무 겁내지 마. 옛말에 자식 이기는 부모 없다고 했어. 엄마는 널 이해해 줄 거야."
복지사가 나를 안아 주며 위로했지만 그래도 떨리는 가슴을 진정하기가 어려웠다. 정하연, 이럴 땐 그렇게 속에서 와글와글 끓던 말들도 다 증발해 버리고 없는 거니? 왜 있잖아. 용기를 내자, 아님, 일단 부딪쳐 보자, 뭐 이런 말들이라도! 아니야. 아무것도 생각나지 않아. 난 어떡해야 하지? 엄마가 내 이런 모습을 보면 뭐라고 할까? 아, 숨이 막히는 것 같다. 괜히 언니를 보낸 거야. 내가 직접 말하는 게 오히려 낫지 않았을까? 이러다가 엄마를 만나기도 전에 미리 질려 죽을 것 같아.

드디어 2층 인터폰이 울렸다. 엄마가 왔으니 밑으로 내려오라고, 도우미 이모의 부축을 받으며 하얗게 질린 모습으로 계단을 내려갔다. 한 걸음 한 걸음 옮길 때마다 비누 거품처럼 그 자리에 폭삭 꺼져 버리고 싶었다.

내 모습을 본 엄마 두 눈이 등잔만 하게 커지더니 눈동자가 휘둥그레졌다.

"하연아, 너…… 너 이 계집애 이럴 수가……."

내게 확 달려들던 엄마가 중심을 잃고 휘청거렸다. 원장님과 수연 언니가 엄마를 부축해서 의자에 앉혔다.

"어머니, 무척 놀라셨죠? 자, 마음을 좀 진정하시고……."

"지금 마음을 진정하고 안 하고가 문제가 아니고, 너, 누구 애야? 응. 빨리 말해. 아이고, 내가 못 살아!"

엄마는 벌떡 일어나 내 어깨를 잡고 흔들며 울부짖었다. 나는 아무런 저항도 못 하고 그대로 서 있었다. 언니가 엄마 손을 잡고 소리쳤다.

"엄마, 하연이한테 이러지 않기로 했잖아. 좀 진정해 봐."

"어머니, 진정하세요. 여긴 다른 임신부들도 많아요. 어머니가 이러시면 다들 놀라요."

원장님이 엄마를 소파에 앉히며 조용히 말했다. 엄마가 고개를 푹 꺾고 숨죽여 울기 시작했다.

"엄마, 미안해! 내가 잘못했어."

나도 그 자리에 서서 울었다. 오랫동안 그렇게 울던 엄마가 일어서며 말했다.

"아…… 엄만 지금 정신이 하나도 없어서…… 뭐가 뭔지 모르겠다. 저, 선생님, 지금은…… 정말 막막하네요."

"그럼, 마음을 좀 진정시키시고 하연이하고 이야기를 나누세요."

원장님이 일어나서 나가자 수연 언니도 눈물을 훔치며 밖으로 나갔다. 나는 그동안 있었던 일을 엄마에게 모두 말했다.

"이것아, 엄마는 그래도 넌 믿었어. 언제나 똑 부러지던 네가…… 엄마는 믿을 수가 없어. 하연아, 정말 어떻게……."

엄마가 무슨 말을 하고 싶은지 알 것 같았다. 엄마 마음도 충분히 이해가 된다. 내가 국어 시간에 인생, 깔끔하게 살자로 인생철학을 급조했던 이야기를 했을 때, 엄마는 "넌, 그 못된 성격과 자존심 하나로도 충분히 깔끔하게 살 애"라고 했었다. 엄마는 그만큼 나를 믿었다. 그러기에 지금 눈앞에 보이는 딸의 현실을 받아들일 수 없는 것이다. 엄마가 나를 끌어안고 또 울었다. 그동안 참아 왔던 내 눈물도 봇물처럼 터져 나왔다. 우리는 그렇게 서로 끌어안고 한참을 울었다.

"그래도 이 철없는 것아. 왜 엄마한테 말을 안 했어. 너 혼자서 얼마나 힘들었니? 그래, 다 이 어미 잘못이다. 내가 네 아빠 때문에 혼이 빠져서…… 진작 눈치를 챘어야 했는데."

엄마가 진작 알았더라면 오히려 더 큰 충격을 받았을지도 모른다. 그리고 만약 아빠가 사고를 낸 그 시점에 내가 임신한 사실까지 털어놓았다면 엄마는 그대로 주저앉아 무너져 내렸을 거다. 차라리 딴 방법을 생각할 수 없는, 어쩔 수 없어서 체념해 버릴 수밖에 없는 지금, 엄마가 알게 된 것이 다행인지도 모르겠다. 누구라도 조금의 여분이 남아 있다고 생각되거나 틈이 있다는 것을 알게 된다면 그 여분을 놓치지 않고 틈을 메우기 위해 더욱 모질어졌을 테니까. 그러나 지금 난, 그 여분과 틈을 가늠도 못 해 보고 그저 두려움에 떨며 여기까지 왔다. 정하연, 마지막까지 힘을 내자. 엄마와 아기를 생각해서라도.

"누구 죽었어? 아이 씨, 이제, 고만 좀 해!"

언니도 밖에서 울었는지 빨개진 눈으로 들어오며 낮은 소리로 말했다. 엄마가 언니를 흘겨보며 울음 섞인 소리로 말했다.

"너도 그러는 게 아니야. 언니가 돼서 진작 알고 있었으면 엄마한테 말했어야지."

"아이 씨, 몰라. 창피해 죽겠어. 빨리 가."

언니가 신경질을 부리자 엄마가 일어나서 원장실로 갔다. 엄마가 원장님과 이야기를 나눌 동안 언니는 내 옆에 가만히 앉아 있었다. 미안해. 이렇게 울고 짜고 하는 건 언니 취향이 아닌데 말이야. 언닌, 영화를 봐도 울고 짜는 영화는 딱 질색했잖아. 조금만 참아 줘. 사실, 언니한테 이야기하고 싶은 게 참 많은데 아직은 입이 안 떨어진다. 언니야, 이 동생이 언니를 조금 이해하게 되었어. 앞으로는 더 많이 언니를 이해하게 될 것 같아.

원장실에서 나온 엄마가 집으로 돌아가기 전, 바짝 말라 들어가는 눈빛으로 나를 보고 말했다.

"난 내 새끼 힘들어하는 것 죽어도 못 봐. 그래도 새끼가 힘들 때 엄마가 옆에 있어야지! 너, 진통 오면 혼자 애쓰지 말고 엄마한테 바로 전화해. 알았지?"

엄마 말에 가슴이 뭉클했다. 수연 언니가 손으로 눈물을 쓱 닦으며 돌아서 나갔다.

"원장님, 엄마가 뭐래요?"

"응, 집에 가서 좀 더 생각해 보겠다고 하셨어. 어머니 말씀이 맞

아. 아기에 대한 일은 신중하게 생각한 다음에 결정해야 되는 거야. 우리 걱정하지 말고 기다리자. 어머니가 현명하게 결정하실 거야."

원장님의 말에 좀 안심되었지만 엄마를 실망시켰다는 죄책감에 마음이 몹시 아팠다.

15

 엄마가 내 옷과 아기 배냇저고리, 그리고 고운 세상 식구들과 먹으라고 사과 한 상자를 사다 주고 갔다. 며칠 새 엄마 얼굴에 주름살이 더 는 것 같아서 마음이 아프다. 엄마는 빨리 가서 가게 문을 열어야 한다고 내 손 한 번 잡아 주고는 잰걸음으로 돌아갔다. 엄마가 아기 문제에 대해서 어떤 생각을 하고 있는지 몹시 궁금하다. 아직도 생각 중인지 아니면 이미 결정했는지……. 마당까지 내려가 엄마를 배웅하고 돌아서는데 눈발이 날렸다.
 "와, 첫눈이다!"
 올해는 첫눈이 일찍 내린다. 점점 눈발이 굵어지자 배불뚝이들이 창가에 매달려 저마다 첫눈에 대한 추억을 이야기하며 깔깔댔다. 나도, 오늘은 채강이가 많이 보고 싶다. 지난해 첫눈 내리던 날,

채강이한테 좋아한다는 고백을 받았으니까. 지난해 이맘때쯤이었다. 그때 난 엄마하고 교복을 사러 가는 것이 유치한 것 같아서 애들하고 같이 가기로 했다. 현규, 채강이, 진아하고 만나서 몇 군데 교복 판매점을 돌아다녔다. 좀 품이 넉넉해야 삼 년을 입을 수 있다는 엄마 당부를 귓등으로 흘리며 진아와 난 허리선이 들어가 보이고 품이 딱 맞는 교복을 사려고 헤매고 다녔다.

"야, 너흰 교복 안 사?"

"몰라, 엄마가 같이 사러 가자고 해서."

"애냐. 엄마하고 교복 같이 사러 가게."

우리는 채강이와 현규를 놀렸고 채강이와 현규는 멋쩍게 웃었다. 교복을 산 후에 분식집에서 라면을 사 먹고 밖으로 나오니 첫눈이 내리고 있었다.

"야, 첫눈이다! 참, 현규야, 우리 첫눈 오는 날 둘이서 스티커 사진 찍기로 했지? 채강아, 하연아, 미안해."

진아가 호들갑을 떨며 둘이서 첫눈을 즐긴다고 헤어지자고 했다. 너무 티를 내는 것 같아서 기분이 약간 상했지만 그렇다고 둘이 좋다는데 딴지를 걸 수도 없었다.

"하연아, 채강아, 안녕! 현규야, 가자."

진아가 현규 손을 잡고 깔깔거리며 뛰어갔다. 그 모습을 보고

서 있던 채강이가 갑자기 썰렁해진 분위기를 바꾸려는 듯 고개를 쳐들고 빙글빙글 돌며 입으로 눈을 받았다. 나는 다 큰 녀석의 어린애 같은 모습이 실망스러웠지만 그래도 눈길이 마주치면 웃어주었다. 그날, 버스를 타고 오면서 채강이가 무슨 말을 열심히 한 것 같은데 지금은 생각나는 게 없다. 버스에서 내리니 눈은 이미 그쳤고 아스팔트가 젖어서 눈 온 흔적만 남아 있었다.

"눈이 그쳤네. 현규하고 진아, 좋다가 말았겠다. 큭큭…… 야, 너희 동 저기잖아."

"아, 그냥 너 바래다주려고!"

채강이네 아파트 동을 지났는데도 녀석이 슬금슬금 따라왔다. 그러더니 우리 동 가까이에 오자 나를 불렀다.

"하연아, 나 너한테 할 말 있는데……."

"응, 할 말? 뭔데?"

"저, 있잖아. 그게…… 그래, 얘기할게. 나 너 좋아해, 우리 사귈래?"

채강이의 고백을 듣는 순간 나도 모르게 킥 하고 웃음이 나왔다. 생각지도 못한 말을 들어서인지, 아님 붉어진 채강이 얼굴 때문인지는 지금도 잘 모르겠다. 어쨌든 내가 웃자 채강이는 귓불까지 붉혔고 나도 계면쩍어서 얼굴을 붉혔다.

"생각해 보고……."

우씨! 임채강, 고백하려면 눈이 내릴 때 하지. 뭐야, 눈은 이미 다 그치고 땅바닥에는 더러운 물만 질척하게 남았는데. 뭐, 그렇다고 내가 채강이의 고백을 기다렸던 건 아니지만, 아니, 넷이서 몇 번 어울리면서 관심이 없었다면 거짓말이고……, 어쨌든 이런 장소에서 이런 식으로 고백을 받는다는 것은 생각도 못 한 일인데. 하얀 눈발 사이로 손을 잡고 달려가던 진아와 현규처럼 뭔가 딱 맞는 타이밍이 중요한 거잖아. 난, 그때, 그런 생각을 하면서 조금 아쉬웠다.

그 후, 채강이가 현규한테 고백했다는 말을 했고, 그 말을 현규가 진아한테 했다. 그래서 진아는 우리 둘이 커플이 되어 같이 어울리자고 옆에서 은근히 꼬드겼다. 솔직히 나도 채강이한테 약간 마음이 기울고 있던 터라 채강이에게 오케이 문자를 날렸다. 그 후 우리는 방학 내내 같이 학원에 가고 집에 오면 문자를 주고받으며 서로에게 퐁당 빠져 살았다.

채강이가 첫눈의 추억을 기억할까? 만약, 채강이가 오늘 면회를 온다면 우리도 눈 오는 길을 손잡고 뛰어나가 스티커 사진을 찍을까? 이 몸으로! 하마 같은 배를 끌어안고 뒤뚱뒤뚱 걸으며…… 히히힛! 혼자서 입을 실룩거리며 웃었다. 그런데 뱃속에 있는 아기가 질투하는지 갑자기 배가 단단해지면서 아프다. 요즘은 배가 밑으로 많이 처져 내려가고 자주 아랫배가 뭉친 듯 딱딱해진다. 나는 옆으로 누워 이불을 덮고 배를 살살 만졌다. 채강이가 올까? 웃긴다, 정하연. 지금 채강이는 학교에 있어. 어떻게 첫눈이 왔다고 수업 도중에 달려올 수 있니? 정하연, 헛된 망상을 버리자. 무작정 기다린다는 것은 슬픈 일이야. 나도 알아, 이런 기다림이 얼마나 무모한 일인지. 마음이 쓸쓸하고 허전했다!

점심을 먹고 나서도 배가 아팠다. 오후에 외부 강사가 와서 출산 호흡법을 가르쳐 주었지만 기분이 가라앉아서 즐겁지가 않았다. 애들은 새로 나온 영화를 보며 깔깔댔지만 나는 아직 끝내지 못한 십자수를 부지런히 놓았다. 천사가 나팔을 불며 날아가는 모양이다. 이걸로 열쇠고리를 만들어 채강이, 진아, 현규에게 선물할 거다. 우정에 대한 고마움의 표시로.

"정하연, 친구 왔어."

방으로 인터폰이 왔다. 이 시각에 면회 올 사람은 없는데……. 나는 3층 계단을 천천히 밟아 내려갔다. 계단 밑에 채강이가 서 있었다.

"하연아!"

"채강아! 어떻게 된 거야? 왜 왔어? 학교는?"

"오늘 첫눈 왔잖아. 너 보고 싶어서……."

"야, 근데 넌 꼭 눈이 그치면 오냐?"

"미안해."

채강이가 쑥스러운 표정을 지으며 웃었다. 우리는 눈이 그친 희끄무레한 하늘을 올려다보며 손을 잡고 나갔다.

"짠, 너 주려고 책 사 왔다. 자, 봐. 이 말이 멋있어서 샀는데 내가 읽어 볼게. '성공한 사람들은 어려움을 또 하나의 기회로 보고 최선을 다한다. 혹, 실수를 하더라도 좌절하기보다는 다시 도전할 수 있는 기회로 삼고 감사한다. 미국에서 존경받는 여성 오프라 윈프리, 그녀는 사생아였고 미혼모였다. 그러나 그는 늘 속으로 이렇게 외쳤다. '그래서? 그게 뭐 어쨌다고?' 이제 그녀는 당당하게 자신의 한계를 넘어서 이 시대의 진정한 커리어 우먼이 되었다.' 어때, 괜찮은 말이지?"

"응, 고마워."

채강이의 밝은 목소리에 어쩔 수 없이 대답은 했지만 이상하다. 오늘은 왠지, 저 하늘 색처럼 기분이 자꾸 밑으로 가라앉는다. 그리고 힘이 없다. 여기까지 찾아온 채강이에게 미안해서 억지로 웃으려 했지만 그게 잘 안 된다.

"하연아. 왜 그래? 어디 아파?"

"아니, 아프진 않은데 힘들어."

"그럼, 어떻게 하지?"

"채강아, 나 그만 들어가서 쉬고 싶어."

"그래, 그럼 그럴래?"

채강이를 보내고 난 후, 방으로 들어와서 누웠지만 자꾸만 화장실에 가고 싶었다. 막상 변기에 앉으면 나오는 것도 없는데 자꾸 아래가 묵직해 왔다. 밤중에도 몇 번이나 일어나 화장실에 갔다. 배도 살살 아픈 것 같고……

"왜, 아파?"

내가 들락거리자 옆에서 자던 기숙 언니가 물었다.

"배가 아픈 것 같기는 한데……"

"아기가 나오려고 그러는 거 아니야?"

"아직 그렇게 많이 아프진 않고…… 예정일이 좀 빨라질 수 있다고 해도 아직 이 주나 넘게 남았는데."

갑자기 불안한 생각이 들었다. 뱃속의 아기가 잘못되면 어떻게 하나? 그동안 뱃속의 아기에게 못된 짓을 했던 게 한꺼번에 떠올랐다. 없어지기를, 사라지기를…… 얼마나 저주했었나? 따뜻한 말 한마디 건네지 못했는데……. 나도 모르게 눈물이 흘렀다. 제발요. 하느님, 살려 주세요. 아기가 잘못되지 않게 해 주세요. 나한테 벌을 내려 주세요. 무슨 벌이든 다 받을게요. 저, 배 아파도 잘 참을 수 있어요. 아니, 죽어도 좋아요. 제발 아기만은 살려 주세요. 나는 어느새 엎드려 두 손을 모아 쥐고 간절히 기도를 하고 있었다.

"왜 울어?"

기숙 언니가 놀라서 물었다.

"언니, 나 벌받은 것 같아요. 내가 못된 짓을 너무해서…… 아기가 잘못된 것 같아요."

"그런 게 어디 있어. 너무 걱정 마. 예정일보다 훨씬 빨리 나오는 아기도 있대."

"무서워요. 아기가 죽을까 봐. 차라리 내가……."

"너도 이젠 엄마 다 됐구나! 거미 어미는 자신의 몸을 새끼들에게 다 뜯어 먹히고 죽는대. 인간도 마찬가지야. 자식을 지키려고 하는 그 마음은. 그래서 부모가 되어 봐야 부모 마음 알 수 있다고 하잖아……."

날이 밝았다. 점점 진통이 잦아졌다.

"사감한테 인터폰 할까?"

내 배를 만져 보던 기숙 언니가 물었다.

"아직 예정일이 많이 남아서……."

"얘, 너도 되게 고집 세다. 예정일이고 뭐고 아프면 일단 병원에 가 봐야 할 거 아냐."

언니가 인터폰을 눌렀다. 곧이어 사감이 왔다.

"언제부터 진통이 왔어? 빨리 병원에 가자. 참, 하연이 엄마가 진통 오면 꼭 연락하라고 몇 번이나 부탁하고 갔는데, 지금 전화할까?"

"아니에요. 전화하지 마세요."

이제 더 이상 엄마를 아프게 하긴 싫다. 어떤 고통이 닥치더라도 나 혼자 이겨 볼 거다. 차를 타고 병원으로 가면서 밖을 내다보니 내 또래의 학생들이 바쁜 걸음으로 등교를 하고 있었다. 그 모습을 보니 문득 채강이가 생각났다. 그래, 채강이와 함께 있다면 겁나지 않을 것 같다.

채강이에게 전화했다.

"채강아……."

갑자기 목이 메어 말이 나오지 않았다.

"하연아, 왜 그래? 응, 말해 봐."

"나 아기 낳을 것 같아."

"알았어. 지금 곧 갈게."

채강이가 먼저 전화를 끊었다.

병원에 도착하니 간호사가 나를 분만 대기실로 데려갔다. 검은색 침대와 머리맡에 놓여 있는 여러 가닥의 줄로 연결된 기계가 먹이를 노리는 절지동물의 촉수처럼 늘어져 있었다. 점점 진통이 오는 간격이 좁혀지고 있다. 창밖으로 흐린 하늘이 보였다. 어릴 때 생각이 났다. 엄마는 언니와 나를 데리고 자주 외갓집에 갔다. 엄마 무릎을 베고 얼굴을 쳐다보면 엄마 두 눈엔 언제나 투명한 물결이 일렁거렸다. 금방이라도 흘러내릴 것 같은 눈물을 엄마는 용케도 손가락으로 찍어 내며 먼 강물만 내려다보았다. 산비탈에 붙어서 덜컹대던 버스 안에서 내려다보던 엄마 눈에 비친 강물의 빛깔은 하얀색이었다. 그때도 지금처럼 속이 울렁거렸고 현기증이 났다. 창자를 뒤틀며 곰실곰실 올라오던 멀미가 목구멍에 걸리면 입을 틀어막고 엄마의 무릎에 머리를 찧었다. 토닥토닥 등을 두드려 주던 엄마의 손길이 생각난다. 눈을 꾹 감았다. 엄마 모습이 아득한 강물처럼 멀리 보인다. 엄.마.가. 보고싶다.

"옷 갈아입으세요."

간호사가 임부복을 던져 주었다. 분홍색 임부복이 바닥으로 흘러내릴 듯 간신히 침대에 걸쳐졌다. 사감이 임부복 입는 것을 거들어 주었다. 통이 널찍한 임부복을 몸에 걸치자 가슴으로 서늘한 바람이 들어왔다.

"하연아, 고운 세상 간호사가 금방 올 거야. 걱정 말고 마음 편하게 가져. 순산해. 그럼 난 이만 가 볼게."

사감이 내 손을 꼭 쥐어 주고 갔다.

팬티를 벗어야 하나? 입고 있어야 하나? 병원으로 출발할 때 사감이 갖다준 기저귀를 했는데도 물컹거리는 것이 아랫도리를 타고 흐르는 것 같아서 자꾸 신경이 쓰였다. 나는 잠시 망설이다 팬티를 입은 채 반듯하게 누웠다. 갑자기 또 잠이 쏟아지면서 까무룩 정신을 잃었다. 작은 점 하나가 눈앞에서 떠다녔다. 가까이 다가오는 것을 보니 밧줄이다. 밧줄 끝에 아빠가 매달려 있다. 밧줄 사이로 빙그레 웃는 아빠 얼굴이 보인다. 아빠, 나는 아빠를 힘껏 안았다. 그런데 또 하나의 밧줄이 내려와 나를 칭칭 감았다. 나는 밧줄 끝에 매달린 채 바람을 따라 흔들렸다. 악, 살려 줘, 아빠가 나를 향해 손을 내밀었다. 아빠가 내민 손에서 붉은 페인트가 뚝뚝 떨어졌다. 까마득한 하늘로 핏빛 페인트가 점점 퍼져 나갔다.

"아빠, 안 돼. 제발…… 아, 악…… 아파……!"

고통에 찬 내 목소리를 들었는지 간호사가 천장에 매달린 푸른색 커튼을 들치고 들어왔다.

"괜찮아요?"

갑자기 두 주먹에 힘이 주어져서 어금니를 꽉 깨물었다. 간호사가 내 앞가슴 단추를 열고 투명하고 찐득한 액체로 배를 닦아 내었다. 그러고는 머리맡에 있는 기계에 연결된 작은 선들을 하나씩 끌어다 내 배에 붙였다. 곧이어 기계에서 쿵쾅거리는 태아의 심장 박동 소리가 들렸다.

"아가의 심장 소리 들리지? 엄마도 힘들지만 아가도 지금 무척 힘들어. 이제부터는 배에 힘이 주어지면 천천히 힘을 주는 연습을 해야 돼. 그리고 진통이 멎을 때는 잠시라도 편하게 쉬고."

간호사가 빙긋이 웃으며 말했다. 엄마, 그래 나는 지금 엄마다. 그러니 잘 참아 낼 수 있어야 한다.

"하연아!"

채강이가 교복을 입은 차림으로 쭈뼛거리며 다가왔다. 잔뜩 겁먹은 표정이 안쓰럽기도 하고 우스꽝스럽기도 해서 나도 모르게 쿡 웃음이 나왔다.

"괜찮아?"

"응! 학교는?"

"학교 가다가 네 전화 받고 왔어."

"그럼, 결석이잖아?"

"선생님한테 문자도 보냈고, 현규한테 잘 말하라고 했어……. 많이 아파?"

내게 바짝 다가서는 채강이 얼굴이 우는 것도 같고 웃는 것도 같았다. 또 통증이 몰아쳤다. 허리와 배가 수직으로 갈라져 내렸다. 예리한 칼날로 살을 잘라 내는 것 같다.

"아악, 살려 줘."

"하연아? 어떡하지?"

채강이가 얼굴이 노랗게 질려서 안절부절못했다. 그 모습이 불쌍해서 나는 어금니를 꽉 깨물고 올라오는 소리를 참으려고 했다. 그러나 속에서 터져 나오는 소리는 내 목구멍을 쥐어짜면서 제멋대로 튀어나왔다. 채강이가 내 배를 어루만졌다. 그때 고운 세상 간호사가 가쁘게 숨을 몰아쉬며 들어왔다.

"하연아, 괜찮니? 좀 참아. 소리 너무 지르면 힘이 빠져서 아기도 못 낳아."

나도 참고 싶어요. 그런데 참을 수가 없어요. 간호사에게 말을 하고 싶었지만 말도 나오지 않았다. 이 아픔을 사하라 사막같이에베레스트 산꼭대기같이 넓이와 높이로 재어 볼 수 있다면?

"아직 배에 힘을 주면 안 돼. 편안하게 숨을 내쉬고 들이쉬고…… 옳지."

간호사가 내 배에 손을 얹고 천천히 호흡을 골라 주었다. 곧이어 초록색 가운에 마스크를 쓴 의사가 들어왔다.

"학생은 잠깐 밖에 나가 있지."

간호사가 채강이에게 나가라고 했다. 늘 나를 진찰해 주던 그 의사가 아니고 낯선 의사다. 무표정한 의사의 눈빛에 겁이 났다. 의사의 손바닥이 무겁게 배 위를 훑고 지나갔다. 의사가 배를 덮고 있던 임부복을 들어 올리며 간호사에게 턱으로 신호를 보낸다. 간호사가 얼른 내 팬티를 벗겼다. 의사가 내 음부를 빤히 내려다보면서 천천히 얇은 비닐장갑 안에 손가락을 넣었다. 손가락 다섯 개가 다섯 개의 장갑 구멍에 다 들어갈 때까지 의사의 눈이 한곳에 고정되어 있었다. 의사가 장갑을 다 끼자 옆에서 기다리던 간호사가 내 다리를 벌렸다. 의사가 내 몸 깊숙이 손을 넣자 충격을 받은 태아가 꿈틀거렸다.

"음. 아직 멀었어. 자궁문이 다 열리려면 꽤 오래 걸리겠는걸."

의사가 무뚝뚝하게 한마디 하면서 일어섰다. 간호사가 벌렸던 다리를 놓아주었다. 스르르 잠이 쏟아졌다. 깜빡 잠들었나 싶은 순간 또 엉덩이가 묵직하게 무너져 눈을 떴다. 간호사가 내 손을 잡고 앉아 있었다.

"간호사 언니, 채강이는요?"

"아, 그 학생. 불러 줄까?"

"네."

간호사가 문밖으로 나가더니 채강이를 데리고 들어왔다.

"하연아!"

채강이가 내 손을 꼭 잡았다.

"채강아, 나 화장실에 가야 하는데……."

내가 일어나려고 하자 옆에 서 있던 간호사가 말했다.

"화장실에 가고 싶은 게 아니라 아기 머리가 아래로 내려와서 그래. 참아 봐."

"아니에요. 화장실에…… 금방 나올 것 같은데……."

"아니라니까. 그냥 누워 있어."

간호사가 밖으로 나가며 말했다.

"채강아, 나 정말 화장실에 가고 싶어."

"안 된다는데 어떡하지, 내가 의사한테 가서 물어볼까?"

채강이가 내 손을 놓고 밖으로 나갔다.

기숙 언니가 하늘이 노랗게 보이면 아기가 나온다고 했다. 노란 하늘? 난 노란 하늘을 보려고 눈을 꼭 감았다. 물결 같은 떨림이 자궁 안에서 반복되었다. 뜨뜻한 액체가 벌려진 다리 사이로 흘러나오는 것을 느낄 수 있었지만 화장실에 가고 싶어 미칠 것 같았다.

왜 조물주는 신체의 가장 불편한 곳, 두 다리를 벌려야만 하는 곳에 아기가 나오는 길을 만들었을까?

"씨, 의사가 뭐 저러냐? 신경질만 내고!"

채강이가 얼굴이 벌게져서 씩씩거리며 돌아왔지만 나는 정말 신기할 정도로 잠이 사르르 쏟아져서 채강이 손을 잡은 채 또 잠 속으로 빠져들었다. 그러나 또 언제 잠들었냐는 듯이 통증이 몰려왔다.

"아악! 살려 주세요."

"괜찮아. 조금만 참자."

간호사가 내 배를 쓸어 주며 말했다.

"채강아, 나, 나 죽을 것 같아."

나는 채강이를 잡은 손에 힘을 주며 숨을 몰아쉬었다. 나도 모르게 눈물이 볼을 타고 귓등으로 흘러내렸다.

"어떻게 해. 하연아, 어떡하지?"

채강이 두 볼에도 눈물이 주르륵 흘렀다.

"야, 우, 울지 마. 야…… 악!"

"알았어. 안 울게. 하연아, 아프지 마. 제발, 응!"

채강이가 손등으로 눈물을 훔쳤지만 여전히 눈물은 흘러내리고 있었다. 엄마도 나를 낳을 때 이렇게 아팠겠지? 엄마는 어떻게 이런 아픔을 두 번씩이나 견뎠을까? 이 작은 몸뚱이에 이렇게 큰 고통이 담겨 있었다니!

바깥에서는 또 다른 엄마들의 처절한 비명이 쉴 새 없이 들려왔다. 아기의 심장 박동 소리가 쉬지 않고 들려왔다. 그래, 나 혼자가 아닌, 내 뱃속에 있는 생명도 함께 고통을 겪고 있는 거다. 힘내, 아가야! 그리고 채강이 너도!

얼마나 몸부림을 쳤는지 나도, 채강이도, 간호사도 온통 땀으로 흠뻑 젖었다.

"채, 채강아. 하늘이 노랗니?"

"응, 아니, 하늘 안 보이는데."

채강이도 열에 들떠서 외쳤다. 언제 하늘이 노랗게 보이지? 이렇게 아플 거면 차라리 죽는 게 나아요, 제발요……. 채강이를 잡은 오른손이 미끄러진다. 간호사를 잡았던 왼손도 미끄러진다. 모든 손바닥이 땀에 젖었다.

"하연아, 하연아, 정신 차려……. 하연아."

간호사가 뛰어나가서 의사를 불러왔다.

의사가 들어와서 내 다리를 들어 보더니 황급히 소리쳤다.

"빨리 분만실로!"

간호사가 내 몸에 붙어 있던 줄들을 떼어 내더니 나를 일으켰다.

"우리 하연이 어디로 가요?"

"분만실로. 학생은 밖에서 기다려요."

간호사의 부축을 받으며 분만실로 갔다.

"하연아…… 하연……."

채강이가 말을 잇지 못하고 붉은 눈빛으로 손만 들어 올렸다. 간호사가 나를 눕힌 후, 두 팔을 양옆으로 벌려서 붕대로 묶고 양 발목은 금속성 갈고리에 걸었다. 숨이 막히도록 강한 통증이 몰아쳤다. 이건, 악마다. 목구멍을 통해 쏟아지는 것은 악마의 소름 끼치는 발악이다.

"간호사, 회음부 절개 준비."

찌익. 날카로운 메스에 생살이 찢기는 소리가 들렸다. 뼈가 으스러지는 고통에 비하면 살이 찢어지는 아픔은 아무것도 아니다. 간호사가 내 배를 힘 있게 꾹 누르며 말했다.

"자아. 숨을 깊이 들이마셨다가 하나 둘 셋 하면 단번에 힘을 줘야 됩니다. 머리가 나옵……."

"악, 살려 줘! 엄마 아빠……."

응애, 응애…….

귓가에 아기의 울음소리가 들린다.

하늘이 보인다. 기숙 언니가 말한 노란 하늘이 아니고 높고 넓은 푸른 하늘이다. 그 하늘을 향해 작은 날개가 희망을 따라서 날아간다. 힘차게.

작가의 말

인생, 정말 오묘하다.

사춘기가 되면 찾아오는 신체적인 변화와 함께 사랑과 성에 대한 미묘한 감정 변화가 일어난다. 그래서 한편에서는 끝없이 일어나는 성에 대한 호기심과 욕구 때문에 고민하게 되고, 또 한편에서는 그런 성 에너지를 억압해야만 하는 현실 때문에 힘겹다. 그런데 문제는 이런 성에 대한 억압이 부모와 선생님, 친구들과 소통의 단절을 가져올 수도 있다는 것이다. 어떤 문제가 일어났을 때 청소년들은 스스로가 도움을 구할 엄두를 내지 못하고 고통스러워한다. 혹, 도움을 구한다 해도 대부분 '성의식이 결여된 애' 취급을 받으며 모멸감을 당하고 냉대와 무관심 속에 학업마저 중단한 채 깊은 나락에 빠져들게 된다.

인생은 용감하게 사는 거야. 절대 무슨 일을 당해도 절망하지 말고 차분히……. 물론 책임감 없는 행동에 대해선 깊이 반성해야 하지만, 그러나 왜 어린 나이에 무책임하게 임신을 하고 아기를 낳았느냐고 추궁할 수만은 없다. 이미 벌어진 일에 대해서 어떤 현실적인 대안과 문제 해결 방법을 찾아야 한다. 틴 맘이란 이유만으로 따돌림을 받거나 버림을 받을 수는 없는 일이다. 누가 뭐래도 자기 삶의 주인은 자기 자신이다. 누가 대신 인생을 살아 줄 수 없다. 어떤 어려움이 닥치더라도 아픔을 이겨 내고 건강하게 자존감을 가지고 힘내서 kissing my life. 그렇게 살다 보면 언젠가는 어른이 될 거고, 어른이 되면 사춘기의 고통은 추억 속에 묻혀 버린다.

　이 작품을 쓰면서 가진 간절한 바람은 세상의 모든 청소년들도 성적인 존재임을 인정해야 한다는 것과 그들의 성에 대한 이야기를 자연스럽게 언어로 나타낼 수 있어야 한다는 것이다. 그래서 그들의 성을 솔직한 담론으로 이끌어 내어야 한다. 온갖 성적 호기심을 자극하는 매체들이 범람하는 현실에서 청소년들은 성에 대한 여러 지식들을 일상에서 접할 수 있음에도 불구하고 표면적이고 일방적인 성교육은 오히려 과장되고 조작된 성에 대한 정보들과 충돌하게 만들 뿐이다.

　미혼모의 집에서 본 틴 맘들은 순한 색깔로 피어, 흔들리고 있는 코스모스 같았다. 아니, 겁먹은 두 눈으로 호오, 호오 아픔을 노래하는 휘파람새였다. 그러나 세상 모든 청소년들아, 너희들은 꽃이야. 예쁜 꽃을 피우고 열매를 맺기 위해서는 거친 비바람에 줄기와 잎새가 흔들리기도 하고 때론, 꽃잎에 멍들기도 한단다. 그러나 줄기와 잎새가 흔들린다고, 꽃잎에 멍이 든다고 열매를 맺지 못하는 것은 아니야. 또 훗날 소담히 맺은 열매들을 보며 꽃잎에 들었던 멍을 탓할 이는 아무도 없어. 다만 꽃은 가꿀수록 더 아름다워진다는 것을 꼭 기억하면 좋겠어.

예쁜 표지로 갈아입은 개정판을 독자들에게 드리며 그동안의 많은 사랑에 깊이 감사드립니다. 지금까지 함께해 준 비룡소 편집부 식구들에게도 진심으로 고마운 마음을 전합니다. 내 삶의 기쁨인 주님께 영광을 올려 드리며.

2025년 이옥수

블루픽션 29

키싱 마이 라이프

1판 1쇄 펴냄 2008년 11월 25일, 1판 38쇄 펴냄 2022년 4월 1일
2판 1쇄 펴냄 2025년 4월 11일, 2판 2쇄 펴냄 2025년 6월 19일

지은이 이옥수
펴낸이 박상희
편집주간 박지은
편집 김선영
디자인 with text
펴낸곳 (주)비룡소
출판등록 1994. 3. 17. (제16-849호)
주소 06027 서울시 강남구 도산대로1길 62 강남출판문화센터 4층
전화 02)515-2000
팩스 02)515-2007
홈페이지 www.bir.co.kr

ⓒ 이옥수, 2008. Printed in Seoul, Korea.

ISBN 978-89-491-2353-0 44800
ISBN 978-89-491-2053-9 (세트)

제품명 어린이용 반양장 도서 제조자명 (주)비룡소 제조국명 대한민국 사용연령 3세 이상

| 블루픽션 시리즈

1. 스켈리그 데이비드 알몬드 글/ 김연수 옮김
안데르센 상, 엘리너 파전 문학상, 카네기 상, 휘트브레드 상, 마이클 L. 프린츠 상,
어린이도서연구회 권장 도서, 책교실 권장 도서, 중앙독서교육 추천 도서

2. 운하의 소녀 티에리 르냉 글/ 조현실 옮김
소르시에르 상, 어린이도서연구회 권장 도서

5. 희망의 섬 78번지 우리 오를레브 글/ 유혜경 옮김
안데르센 상 수상 작가, 밀드레드 L. 배첼더 상, 머더카이 상, 아침햇살 선정 좋은 어린이 책,
중앙독서교육 추천 도서, 책교실 권장 도서, 책따세 추천 도서

6. 뢱스 극장의 연인 자닌 테송 글/ 조현실 옮김
프랑스 '올해의 청소년 책', 소르시에르 상, 어린이도서연구회 권장 도서, 열린 어린이가 뽑은 좋은 책

10. 초콜릿 전쟁 로버트 코마이어 글/ 안인희 옮김
미국 도서관 협회 선정 도서, 뉴욕타임스 선정 도서, 어린이도서연구회 권장 도서

11. 전갈의 아이 낸시 파머 글/ 백영미 옮김
뉴베리 상, 국제 도서 협회 선정 도서, 마이클 L. 프린츠 상, 책교실 권장 도서, 어린이도서연구회 권장 도서

13. 나의 산에서 진 C. 조지 글/ 김원구 옮김
뉴베리 상, 미국 도서관 협회 선정 도서, 어린이도서연구회 권장 도서,
열린 어린이가 뽑은 좋은 책, 책교실 권장 도서

18. 킬리만자로에서, 안녕 이옥수 글
학교도서관저널 추천 도서

20. 기억 전달자 로이스 로리 글/ 장은수 옮김
뉴베리 상, 보스턴 글로브 혼 북 명예상, 어린이도서연구회 권장 도서,
열린 어린이가 뽑은 좋은 책, 교보문고 추천 도서, 학교도서관저널 추천 도서

22. 내 인생의 스프링캠프 정유정 글
세계청소년문학상, 문화관광부 교양 도서, 어린이도서연구회 권장 도서,
교보문고 추천 도서, 학도넷 추천 도서

23. 줄무늬 파자마를 입은 소년 존 보인 글/ 정회성 옮김
아일랜드 '오늘의 책', 행복한 아침독서 추천 도서, 교보문고 추천 도서

25. 파랑 채집가 로이스 로리 글/ 김옥수 옮김
어린이도서연구회 권장 도서, 전국학교도서관담당교사모임 추천 도서

26. 하이킹 걸즈 김혜정 글
블루픽션상, 한국문화예술위원회 우수문학도서, 책따세 추천 도서, 학도넷 추천 도서

27. 지구 아이 최현주 글
제11회 블루픽션상 수상작

28. 나는 브라질로 간다 한정기 글
황금도깨비상 수상 작가, 소년조선일보 추천 도서, 중앙일보 추천 도서

29. 키싱 마이 라이프 이옥수 글
한국문화예술위원회 우수문학도서, 어린이도서연구회 권장 도서, 교보문고 추천 도서,
전국독서새물결모임 추천 도서, 학교도서관저널 추천 도서, 서울시 교육청 추천 도서

30. 꼴찌들이 떴다! 양호문 글
블루픽션상, 행복한 아침독서 추천 도서, 교보문고 추천 도서, 책따세 추천 도서,
경기도학교도서관사서협의회 추천 도서, 중앙일보 북클럽 추천 도서

31. 우연한 빵집 김혜연 글
문학나눔 선정 도서, 학교도서관저널 추천 도서, 책따세 추천 도서, 아침독서 추천 도서,
어린이도서연구회 추천 도서

33. 두 개의 달 위를 걷다 샤론 크리치 글/ 김영진 옮김
뉴베리 상, 미국 어린이 도서상, 스마티즈 북 상, 영국독서협회 상 수상작,
경기도학교도서관사서협의회 추천 도서, 학도넷 추천 도서

36. 서쪽 마녀가 죽었다 나시키 가오 글/ 김미란 옮김
소학관 문학상, 일본 아동문학기협회 신인상, 한국간행물윤리위원회 청소년 권장 도서,
어린이도서연구회 권장 도서, 아침독서 추천 도서, 책따세 추천 도서

37. 닌자걸스 김혜정 글
전국학교도서관담당교사모임 추천 도서, 아침독서 추천 도서

38. 첫사랑의 이름 아모스 오즈 글/ 정회성 옮김
안데르센 상, 제브 상

39. 하니와 코코 최상희 글
블루픽션상, 사계절문학상 수상 작가, 학교도서관저널 추천 도서

40. 파랑 치타가 달려간다 박선희 글
제3회 블루픽션상 수상작, 학교도서관저널 추천 도서, 아침독서 추천 도서,
어린이도서연구회 권장 도서, 책따세 추천 도서, 문화체육관광부 우수교양도서

41. 나는, K다 이옥수 글
학교도서관저널 추천 도서

42. 어쩌자고 우린 열일곱 이옥수 글
한국도서관협회 우수문학도서, 학교도서관저널 추천 도서

43. 앉아 있는 악마 김민경 글

44. 최후의 Z 로버트 C. 오브라이언 글/ 이진 옮김
뉴베리 상 수상 작가

46. 줄리엣 클럽 박선희 글
제3회 블루픽션상 수상 작가, 대한출판문화협회 선정 올해의 청소년 도서,
한국도서관협회 선정 우수문학도서

47. 번데기 프로젝트 이제미 글
제4회 블루픽션상 수상작

50. 판타스틱 걸 김혜정 글
제1회 블루픽션상 수상 작가, 대한출판문화협회 선정 올해의 청소년 도서,
고래가 숨쉬는 도서관 선정 도서, 한국도서관협회 선정 우수문학도서,
경기도학교도서관사서협의회 추천 도서

51. 어쨌거나 스무 살은 되고 싶지 않아 조우리 글
제12회 블루픽션상 수상작, 아침독서 추천 도서

52. 우리들의 짭조름한 여름날 오채 글
마해송 문학상 수상 작가, 한국도서관협회 선정 우수문학도서,
국립어린이청소년도서관 추천 도서, 경기도학교도서관사서협의회 추천 도서,
2017 순천시 One City One Book 선정 도서

53. 웰컴, 마이 퓨처 양호문 글
제2회 블루픽션상 수상 작가, 대한출판문화협회 선정 올해의 청소년 도서,
경기도학교도서관사서협의회 추천 도서

56. 메신저 로이스 로리 글/ 조영학 옮김
뉴베리 상, 보스턴 글로브 혼 북 명예상 수상 작가, 경기도학교도서관사서협의회 추천 도서

61. 개 같은 날은 없다 이옥수 글
2013 서울 관악의 책 , 목포시립도서관 추천 도서, 울산남부도서관 올해의 책,
책따세 추천 도서, 한국간행물윤리위원회 청소년 권장 도서, 한국도서관협회 우수문학도서,
국립어린이청소년도서관 추천 도서

63. 명탐정의 아들 최상희 글
제5회 블루픽션상 수상 작가, 문화체육관광부 우수교양도서

68. 반드시 다시 돌아온다 박하령 글
제10회 블루픽션상 수상작, 학교도서관저널 추천 도서, 세종도서 문학나눔 선정 도서

69. 원더랜드 대모험 이진 글
제6회 블루픽션상 수상작, 국립어린이청소년도서관 추천 도서, 아침독서 추천 도서

71. 칸트의 집 최상희 글
제5회 블루픽션상 수상 작가, 아침독서 추천 도서, 세종도서 문학나눔 선정 도서

72. 태양의 아들 로이스 로리 글/ 조영학 옮김
뉴베리 상, 보스턴 글로브 혼 북 명예상 수상 작가

73. 마법의 꽃 정연철 글
푸른문학상 수상 작가, 세종도서 문학나눔 선정 도서, 학교도서관저널 추천 도서

74. 파라나 이옥수 글
학교도서관저널 추천 도서, 시계절문학상 수상 작가, 책따세 추천 도서, 국립어린이청소년도서관
추천 도서, 세종도서 문학나눔 선정 도서, 아침독서 추천 도서

75. 그 여름, 트라이앵글 오채 글
마해송 문학상 수상 작가, 국립어린이청소년도서관 추천 도서, 아침독서 추천 도서

76. 밀레니얼 칠드런 장은선 글
제8회 블루픽션상 수상작, 학교도서관저널 추천 도서, 아침독서 추천 도서

77. 아르주만드 뷰티 살롱 이진 글
블루픽션상 수상작가, 한국출판문화진흥원 우수 콘텐츠 제작 지원 당선작

78. 굿바이 조선 김소연 글

80. 당첨되셨습니다 – SF 앤솔러지 길상효 오정연 전혜진 정재은 홍준영 곽유진 홍지운
이지은 이루카 이하루 글

81. 순례 주택 유은실 글
2021 중구민 한 책 선정, 2022 광주시 동구 올해의 책, 2022 미추홀구의 책,
2022 양주시 올해의 책, 2022 원 북 원 부산 올해의 책, 2022 원 북 원 포항 올해의 책,
2022 원주시 한 도시 한 책 읽기 선정 도서, 2022 익산시 올해의 책,
2022 전남도립도서관 올해의 책, 2022 전주시 올해의 책, 2022 평택시 올해의 책,
국립어린이청소년도서관 추천 도서, 문학나눔 우수문학 도서,
서울시 교육청 어린이도서관 추천 도서, 아침독서 추천 도서, 2022 대구 올해의 책,
2023 청주, 구미, 금산군 올해의 책, 2024 음성군, 수원시, 제주시 올해의 책

82. 녀석의 깃털 윤해연 글
학교도서관저널 추천 도서, 문학나눔 우수문학 도서

83. 모두의 연수 김려령 글
2023년 올해의 청소년 교양 도서, 문학나눔 우수문학 도서, 학교도서관저널 추천 도서,
아침독서 추천 도서, 어린이도서연구회 추천 도서

84. 최초의 아이 로이스 로리 글/ 강나은 옮김
뉴베리 상, 보스턴 글로브 혼 북 명예상 수상 작가, 학교도서관저널 추천 도서,
아침독서 추천 도서

85. 남극 펭귄 생포 작전 허관 글

⊙ 계속 출간됩니다.